Landser an der Ostfront

„Vorwärts, Grenadiere!" – Division „Großdeutschland" im Angriff

Wolfgang Wallenda

Landser an der Ostfront

„Vorwärts, Grenadiere!" – Division „Großdeutschland" im Angriff

Juni 1942 – die neu aufgestellte Infanterie-Division „Großdeutschland" dringt tief ins feindliche Hinterland vor

Impressum:

©2016 Wolfgang Wallenda

Umschlaggestaltung, Herstellung und Verlag:
Books on Demand

Titelbild und Rückseite:

Titelbild: PA -0-G- Russland – im Gelände – Zeit: 1935 – 1945,
Privatarchiv des Autors

ISBN: 978-3-7412-7632-3

Im Waffenlärm schweigen die Gesetze.

Marcus Tullius Cicero

Krieg ist nicht mehr die Ultima ratio,
sondern die Ultima irratio.

Willy Brandt

Deutsch-Sowjetischer Krieg

Bedeutende Militäroperationen während des Deutsch-Sowjetischen Krieges

1941: Białystok-Minsk – Dubno-Luzk-Riwne – Smolensk – Uman – Kiew – Odessa – Leningrader Blockade – Wjasma-Brjansk – Rostow – Moskau

1942: Rschew – Charkow – Unternehmen Blau – Unternehmen Braunschweig – Unternehmen Edelweiß – Stalingrad – Operation Mars

1943: Woronesch-Charkow – Operation Iskra – Nordkaukasus – Charkow – Unternehmen Zitadelle – Smolensk – Dnepr

1944: Dnepr-Karpaten-Operation – Leningrad-Nowgorod – Krim – Wyborg–Petrosawodsk – Weißrussland – Lwiw-Sandomierz – Iași–Chișinău – Belgrad – Petsamo-Kirkenes – Baltikum – Karpaten – Budapest

1945: Weichsel-Oder – Ostpreußen – Westkarpaten – Niederschlesien – Ostpommern – Plattensee – Oberschlesien – Wien – Oder – Berlin – Prag

Der Deutsch-Sowjetische Krieg war ein Teil des Zweiten Weltkrieges. Die sogenannte Ostfront bildete von 1941 bis 1944 die wichtigste Landfront der Alliierten im Kampf gegen das nationalsozialistische Deutsche Reich und seine Verbündeten. Im damaligen Deutschen Reich wurde er als Russland- oder Ostfeldzug bezeichnet, in der Sowjetunion als Großer Vaterländischer Krieg (russisch Великая Отечественная война/Welikaja Otjetschestwennaja woina). Er begann am 22. Juni 1941 mit dem Überfall der deutschen Wehrmacht auf die Sowjetunion und endete nach der Schlacht um Berlin am 8./9. Mai 1945 mit der bedingungslosen Kapitulation der Wehrmacht.

Adolf Hitler gab seinen Entschluss zu diesem Angriffskrieg dem Oberkommando der Wehrmacht (OKW) am 31. Juli 1940 bekannt und befahl am 18. Dezember 1940, ihn bis Mai 1941 unter dem Decknamen „Unternehmen Barbarossa" militärisch vorzubereiten. Damit wurde bewusst der am 24. August 1939 geschlossene deutsch-sowjetische Nichtangriffspakt zu brechen beabsichtigt. Um für die „arische Herrenrasse" „Lebensraum im Osten" zu erobern und den „jüdischen Bolschewismus" zu vernichten, sollten große Teile der sowjetischen Bevölkerung vertrieben, versklavt und getötet werden. Das NS-Regime nahm den millionenfachen Hungertod sowjetischer Kriegsgefangener und Zivilisten bewusst in Kauf, ließ sowjetische Offiziere und Kommissare aufgrund völkerrechtswidriger Befehle ermorden und nutzte diesen Krieg zur damals so bezeichneten „Endlösung der Judenfrage".

Nach anfänglichen deutschen Erfolgen leiteten sowjetische Siege in der Schlacht um Moskau Ende 1941 und vor allem in der Schlacht von Stalingrad 1942/43 Deutschlands vollständige Niederlage ein. Nachdem im Sommer 1943 das deutsche „Unternehmen Zitadelle" gescheitert war, ging die Initiative endgültig auf die Rote Armee über. Nach dem Zusammenbruch der Heeresgruppe Mitte im Sommer 1944, der auf die Eröffnung der lange erwarteten „Zweiten Front" in Westeuropa durch die westlichen Alliierten folgte, war die Wehrmacht militärisch geschlagen und konnte nur noch hinhaltenden Widerstand leisten.

Vor allem wegen der von Deutschen geplanten und ausgeführten Massenverbrechen an der Zivilbevölkerung starben im Kriegsverlauf zwischen 24 und 40 Millionen Bewohner der Sowjetunion sowie etwa 2,7 Millionen deutsche Soldaten. Dieser Krieg gilt wegen seiner verbrecherischen Ziele, Kriegsführung und Ergebnisse allgemein als der „ungeheuerlichste Eroberungs-, Versklavungs- und Vernichtungskrieg, den die moderne Geschichte kennt".[1]

Nationalsozialistische Ziele

Geplante Vorstoßrichtungen im Unternehmen Barbarossa 1941

Der Deutsch-Sowjetische Krieg geht wesentlich auf die ideologisch-politischen Ziele des Nationalsozialismus zurück, der sich als radikalen weltanschaulichen Gegenentwurf zum Bolschewismus sah. Diesen betrachtete Hitler in seiner Programmschrift Mein Kampf (1925) als eine auf Welteroberung ausgerichtete Tyrannei eines angeblichen „Weltjudentums". Dessen Vernichtung und die Unterwerfung der angeblich von ihm abhängigen „rassisch minderwertigen" Slawen seien unausweichlich, um den deutschen „Ariern" den ihnen zustehenden „Lebensraum im Osten" zu verschaffen. Diesen zu erobern, war ein Hauptziel der NS-Außenpolitik.

Die beabsichtigte Eroberung großer Teile Osteuropas knüpfte zwar an ältere Ziele der traditionell antikommunistischen Militäreliten des Kaiserreichs und der Weimarer Republik an; auch die dazu notwendige Aufrüstung, der Bruch des Versailler Vertrages und der Austritt aus dem Völkerbund waren schon um 1930 weitgehend Konsens in der Reichswehr. Den deutschen Militärs ging es aber im Wesentlichen um eine Revision der Ergebnisse des Ersten Weltkriegs. Die auf reinem Rassismus beruhende Lebensraum-Politik der NS-Führung und deren Absicht, die Sowjetunion als Staat und zugleich ihre tatsächlichen oder vermuteten Eliten zu vernichten, gingen jedoch weit über diese früheren Ziele hinaus.[2]

Hitlers Außenpolitik ab 1933 stellte sein langfristiges Eroberungsziel zunächst zurück. Schon seine Rede vor höchsten Reichswehrvertretern am 3. Februar 1933 deutete es aber an (siehe Liebmann-Aufzeichnung). Er betonte es später immer wieder gegenüber der Wehrmachtführung, etwa während der Sudetenkrise. Die auf Massenvernichtung und Germanisierung ausgerichteten Ziele des NS-Regimes zeigten sich im Polenfeldzug, in dem eigens aufgestellte Einsatzgruppen zum Teil mit der Wehrmachtführung abgesprochene Massaker an Angehörigen der Führungseliten und an Juden verübten.[3] Diese spezifisch nationalsozialistischen Vernichtungsziele sollten für Planung und Führung des Krieges gegen die Sowjetunion eine bestimmende, „nie gesehene Dimension" erreichen, die ihn von allen vorherigen Kriegen auch des NS-Regimes unterschied.[4]

Deutsche Kriegsplanung

Weisung Nr. 21

Nach Hitlers Bekanntgabe seines Kriegsentschlusses am 31. Juli 1940 begannen OKW, OKH und OKM mit der strategischen Kriegsplanung und ließen jeweils unabhängige Angriffsstudien erstellen, die ab 3. September zusammengeführt und Hitler am 5. Dezember vorgelegt wurden. Am 18. Dezember 1940 erließ Hitler als Führer und Oberster Befehlshaber der Wehrmacht die „Weisung Nr. 21" an den Wehrmachtführungsstab im Oberkommando der Wehrmacht (OKW): Damit befahl er den Oberkommandos der drei Wehrmachtteile, den Angriff auf die Sowjetunion bis zum Mai 1941 gezielt vorzubereiten, um „auch vor Beendigung des Krieges gegen England Sowjetrussland in einem schnellen Feldzug niederzuwerfen (Fall Barbarossa)". Es gelte, „die im westlichen Russland stehende Masse des russischen Heeres zu vernichten" und eine Linie zu erreichen, von der aus die Luftstreitkräfte der Sowjetunion deutsches Gebiet nicht mehr angreifen könnten. Endziel der Operation sei die „Abschirmung gegen das asiatische Russland auf der allgemeinen Linie Wolga–Archangelsk", also die Besetzung des Großteils der europäischen Sowjetunion.[13]

Eroberungsstrategie

Anders als beim Westfeldzug stimmten Hitler und Wehrmachtführung über die Strategie und Ziele dieses Krieges weitgehend überein. Die bis dahin erstellten operativen Angriffspläne der drei Wehrmachtteile sahen eine Kette von Umfassungsbewegungen und Kesselschlachten mit dem Ziel vor, die Rote Armee zu vernichten. Während Walther von Brauchitsch und Franz Halder hauptsächlich direkt auf Moskau vorstoßen wollten, befahl Hitler jedoch in seiner „Weisung Nr. 21", dass die „Mitte der Gesamtfront nur Voraussetzungen für das Eindrehen schneller Truppen nach Leningrad und dem Donezbecken schaffen" solle. Hitler wollte die angestrebte Linie in einem Blitzkrieg von bis zu 22 Wochen erreichen; General Erich Marcks kalkulierte nur bis zu 17 Wochen. Schnelle Verbände sollten keilförmige Breschen in die Abwehrkräfte der Roten Armee schlagen, diese von rückwärtigen Verbindungen abschneiden und ihre Verbände am Ausweichen hindern; marschierende Verbände sollten sie einkesseln. Danach sollten die motorisierten Kräfte weiter nach Osten vorstoßen.

Das deutsche Ostheer gliederte sich in drei Heeresgruppen:

Heeresgruppe Nord (Leeb) mit der 16. Armee (Busch), Panzergruppe 4 (Hoepner) und der 18. Armee (Küchler)

Heeresgruppe Mitte (Bock) mit der 4. Armee (Kluge), Panzergruppe 2 (Guderian), Panzergruppe 3 (Hoth), 9. Armee (Strauß) und 2. Armee (Weichs)

Heeresgruppe Süd (Rundstedt) mit der 17. Armee (Stülpnagel), Panzergruppe 1 (Kleist), 6. Armee (Reichenau) und der 11. Armee (Schobert) aus dem damals bereits besetzten Nordnorwegen und aus Nordfinnland zwei Korps des Armeeoberkommandos Norwegen (Falkenhorst).

Die Luftwaffe trat mit vier Luftflotten an, die jeweils im Bereich einer Heeresgruppe agierten, aber selbstständig waren:

Luftflotte 1 (Keller)
Luftflotte 2 (Kesselring)
Luftflotte 4 (Löhr)
Luftflotte 5 (Stumpff) (nur in Nordfinnland und Nordnorwegen stationierte Verbände).

Auch von Norwegen aus sollten Angriffe gegen die Sowjetunion unternommen werden. Sie zielten insbesondere auf Murmansk und die dortige Eisenbahnverbindung, die Murmanbahn, über die später britische und US-amerikanische Hilfslieferungen in die Sowjetunion gelangten. Mehrere Unternehmen in Richtung Murmansk („Unternehmen Silberfuchs", Platinfuchs) und auf die Murman-Bahn (Unternehmen Polarfuchs) blieben erfolglos. Dies lag zum einen an den extremen klimatischen Verhältnissen, der langen Polarnacht sowie dem weglosen Tundren-Gelände, zum anderen an den hier nur schwachen deutschen Kräften.

Der sechswöchige, im April 1941 begonnene Balkanfeldzug verzögerte den vorgesehenen Angriffstermin um einen Monat, obwohl er nach Meinung der Militärs auch die Ausgangschancen für den deutschen Überfall auf die Sowjetunion verbessern sollte. Trotz der Verzögerung plante die Wehrmachtführung, noch vor Einbruch der Rasputiza, der sogenannten „Schlammzeit", entscheidende Siege zu erzielen und den Feldzug bis zum Wintereinbruch zu beenden. Etwa 50 bis 60 Besatzungsdivisionen sollten im Land verbleiben; nur für diese wurde eine besondere dem russischen Winter angepasste Kleidung eingeplant.

Vernichtungspläne und Mordbefehle

Nach der strategischen Kriegsplanung der Wehrmacht trat diese im Frühjahr 1941 in ihre konkrete operative Phase. Nun wurden ihre Aufgaben mit denen der ab 1941 in Teilbereichen zu einer Parallelarmee ausgebauten SS und verschiedenen Polizeikräften für die zu erobernden Gebiete aufeinander abgestimmt.

Am 13. März 1941 erließ Hitler die „Richtlinien auf Sondergebieten zur Weisung Barbarossa": Damit übertrug er Heinrich Himmler, seit 1934 der „Reichsführer SS", besondere Vollmachten für „Sonderaufgaben im Auftrag des Führers, die sich aus dem endgültig auszutragenden Kampf zweier entgegengesetzter politischer Systeme ergeben". Dazu ließ das Reichssicherheitshauptamt vier sogenannte Einsatzgruppen aufstellen.[14] Sie sollten laut Hitlers Richtlinien alle „verdächtigen" und „sonstigen radikalen Elemente" sowie „Juden in Partei- und Staatsstellungen" ermorden. Heydrich präzisierte diesen Mordbefehl Hitlers mit Geheimbefehlen an die Leiter der Einsatzgruppen, Pogrome der örtlichen Bevölkerung gegen Juden anzuheizen.[15]

Am 30. März 1941 proklamierte Hitler vor 250 Wehrmachtgenerälen den kommenden Krieg als „Kampf zweier Weltanschauungen gegeneinander" und als „Vernichtungskampf". Er forderte die „Vernichtung der bolschewistischen Kommissare und der kommunistischen Intelligenz". Diese Absicht und Forderung floss in einige Anordnungen des OKW und OKH für den bevorstehenden Krieg ein.

Nach dem „Erlass über die Ausübung der Kriegsgerichtbarkeit im Gebiet Barbarossa" vom 13. Mai 1941 mussten Straftaten von Wehrmachtangehörigen gegen Zivilisten nicht mehr strafrechtlich verfolgt werden. Der Erlass befreite die Wehrmachtsoldaten von Bindungen an Völkerrechtsnormen und leistete Willkür- und Gewaltakten gegenüber der sowjetischen Bevölkerung Vorschub. Die „Richtlinien für das Verhalten der Truppe in Russland" vom 19. Mai 1941 forderten von der Truppe „rücksichtsloses und energisches Durchgreifen gegen bolschewistische Hetzer, Freischärler, Saboteure, Juden". Die „Richtlinien für die Behandlung der politischen Kommissare" vom 6. Juni 1941 befahlen der Wehrmacht, die „politischen Kommissare grundsätzlich sofort mit der Waffe zu erledigen." Die „Bestimmungen über das Kriegsgefangenenwesen" von 16. Juni 1941 forderten „rücksichtsloses und energisches Durchgreifen bei den geringsten Anzeichen von Widersetzlichkeit, insbesondere gegenüber bolschewistischen Hetzern". Demgemäß wurden die „Zehn Gebote für die Kriegführung des deutschen Soldaten", die in die Umschläge jedes Soldbuchs eingeklebt waren und unangebrachte Grausamkeiten oder völkerrechtswidriges Verhalten untersagten, außer Kraft gesetzt.[16] Die Mordbefehle wurden nach Kriegsbeginn zum Teil weiter verschärft oder ihre Anwendungsbereiche ausgedehnt. So befahl Reinhard Heydrich den „Höheren SS- und Polizeiführern" am 2. Juli 1941, den Kommissarbefehl vom 6. Juni wie folgt umzusetzen: „Zu exekutieren sind alle Funktionäre der Komintern (wie überhaupt die kommunistischen Berufspolitiker schlechthin), die höheren, mittleren und radikalen unteren Funktionäre der Partei, der Zentralkomitees, der Gau- und Gebietskomitees, Volkskommissare, Juden in Partei- und Staatsstellungen."

Mit diesen verbrecherischen Befehlen bereitete das NS-Regime den Deutsch-Sowjetischen Krieg als Vernichtungskrieg vor. OKW und OKH gaben die Befehle an untere Offiziersränge weiter; Widerspruch der Empfänger dagegen blieb aus. Damit ließ sich die Wehrmacht in Hitlers Lebensraum-Programm einbinden. Dies erklären Fachhistoriker mit der antisemitischen, rassistischen, antibolschewistischen und antislawischen Prägung des deutschen Offizierskorps, das die Novemberrevolution 1918 Juden und Kommunisten anlastete, wobei sie diese gleichsetzte, dem langjährigen Führerkult, imperialistischen Zielen und Selbstüberschätzung nach dem Westfeldzug.[17] Hitlers Kriegsziele und die der Wehrmachtführung deckten sich weitgehend: So fassten einige führende Generäle das Ziel, die Sowjetunion zu zerschlagen und ihr Gebiet für wirtschaftliche „Autarkie" Deutschlands auszubeuten, schon vor Hitlers Kriegsentschluss am 31. Juli 1940 ins Auge. Sie befürworteten im März 1941 daher auch die als notwendig erachtete Aufgabe, erwarteten sowjetischen Widerstand durch Terror zu brechen, um „Ruhe im Rücken der Front zu schaffen", und betrachteten dafür aufgestellte Einsatzgruppen als Entlastung.[18]

Logistiker der Wehrmacht errechneten, dass die deutschen Einheiten nur bis zu einer Linie entlang Pskow, Kiew und der Krim versorgt werden konnten. Da Hitler die Eroberung Moskaus im Rahmen eines einzigen ununterbrochenen Feldzuges verlangte, sollte die Wehrmacht durch die rücksichtslose Requirierung von Nahrungsmitteln und kriegswichtigem Material aus den zu erobernden Gebieten versorgt werden. Weil ein Bedarf von jährlich fünf Millionen Tonnen Getreide aus der UdSSR berechnet wurde, um die Nahrungsmittelversorgung des Deutschen Reiches zu sichern,[19] während die UdSSR 1940 auf handelspolitischer Basis nur 1,5 Millionen Tonnen hatte liefern können,[20] plante Görings Vierjahresplanbehörde vor dem Überfall, durch gezielte Unterversorgung der sowjetischen Bevölkerung möglichst große Mengen an Getreide, Fleisch und Kartoffeln auszubeuten. Die ganze Wehrmacht sollte ernährt werden, indem „das für uns Notwendige aus dem Lande herausgeholt wird"; dabei kalkulierte man ein, dass „zweifellos zig Millionen Menschen verhungern".[21] Das NS-Regime verband bei dieser Hungerpolitik kriegswirtschaftliche Nützlichkeitserwägungen mit rassistischen Motiven. Christian Gerlach sieht darin einen Hungerplan;[22] andere Historiker bestreiten einen dezidierten Plan und sprechen von einem „Hungerkalkül". Die meisten Historiker sehen aufgrund der einschlägigen Dokumente darin keinen Gegensatz.[23] Der Osteuropa-Historiker Hans-Heinrich Nolte schätzt sieben Millionen Hungertote unter insgesamt 26 bis 27 Millionen sowjetischen Kriegstoten; er berücksichtigt dabei russische Forschungen.[24] Der Yale-Historiker Timothy Snyder nennt 4,2 Millionen sowjetische Hungertote in den von der Wehrmacht besetzten Gebieten.[25]

Zudem hatte Himmler ab September 1939 umfassende Pläne zur millionenfachen Deportation („Umsiedlung") von „Slawen" und die folgende „Eindeutschung" eroberter Gebiete angestoßen und in Polen umzusetzen begonnen, wobei bereits zehntausende der Deportierten starben. Diese Pläne wurden ab 1941 enorm ausgeweitet und in einen „Generalplan Ost" integriert. Dieser sah vor, die deutsche „Volkstumgrenze" fast 1000 km nach Osten zu verschieben, den Großteil der dort lebenden zunächst auf 30, 1942 auf bis zu 65 Millionen geschätzten Sowjetbürger hinter den Ural bzw. nach Sibirien zu vertreiben und einige Hunderttausend „slawische Untermenschen" als Arbeitssklaven zum Bau von „Wehrsiedlungen" für „Germanen" bzw. „Volksdeutsche" zu benutzen.[26]

Ein Großteil der Verbrechen im Deutsch-Sowjetischen Krieg waren keine gewöhnlichen Kriegsverbrechen, da der NS-Staat die im Kriegsvölkerrecht vorausgesetzte Rechtsgleichheit der Gegner schon vor dem Krieg außer Kraft setzte und Massentötungen bereits im Vorfeld ideologisch gewollt, geplant, befohlen, als unvermeidbare Folge einkalkuliert und legitimiert hatte. Die historische Forschung spricht daher von Massenverbrechen, die auch Kriegsverbrechen einschließen.[88]

Massenmorde an Zivilisten

Nach Angaben von Christian Gerlach[89] ermordeten die deutsche Wehrmacht und die SS allein in Weißrussland bei Massakern gegen die Zivilbevölkerung 345.000 Menschen, dabei waren die Opfer meist Frauen und Kinder, denn die Männer waren bei der Roten Armee oder bei den Partisanen. In der Regel wurden dabei die Menschen in großen Gebäuden wie Scheunen zusammengetrieben und mit Maschinenpistolen oder Maschinengewehren erschossen. Danach wurden, obwohl viele noch lebten, die Gebäude abgebrannt. So starben beispielsweise in Oktjabrski bei einem solchen Massaker 190 Menschen. Anschließend wurden alle Häuser des Dorfes angezündet. In Weißrussland wurden auf diese Weise 628 Dörfer vollständig zerstört, in der Ukraine waren es 250.

Partisanenkrieg

In Polen, auf dem Balkan und in der Sowjetunion hatten die deutschen Besatzer von vornherein verbrecherische Ziele. Der „Generalplan Ost" sah die Dezimierung der slawischen Bevölkerung um etwa 30 Millionen und die Unterdrückung der verbleibenden Menschen vor. Die Maßnahmen der Deutschen waren brutal: Die Schulen oberhalb der vierten Klasse in den eroberten Gebieten der Sowjetunion wurden geschlossen, die Juden erschossen, Zwangsarbeiter wurden in das Deutsche Reich gebracht und die Kriegsgefangenen wurden menschenunwürdig behandelt.

Dies steigerte den Hass der Bevölkerung gegen die deutschen Besatzer. In der Sowjetunion, in Griechenland und in Jugoslawien (unter Marschall Tito) kämpften Partisanenarmeen, teils waren sie kommunistisch, teils nationalistisch. Die polnische Heimatarmee allerdings konnte nur auf wenig Unterstützung von außen hoffen. Aus dem ständigen Kleinkrieg gegen die deutsche Armee gingen die Partisanen häufig als Sieger hervor.

Da Partisanen nicht als Kombattanten im Sinne der Haager Landkriegsordnung galten, wurden sie nicht als Kriegsgefangene behandelt. Gefangene Partisanen oder als Partisanen Verdächtigte wurden hingerichtet. Häufig folgten Partisanenangriffen brutale Bestrafungsaktionen, sogenannte „Sühnemaßnahmen", gegen die Zivilbevölkerung. Gegen Ende des Krieges konnten die Partisanen größere Gebiete von den deutschen Besatzern befreien. Unter dem Tarnmantel der sogenannten Partisanenbekämpfung wurden auch unter Einbeziehung von Wehrmachtangehörigen gleich weitere unliebsame Personen liquidiert.

Holocaust

Die im Frühjahr 1941 aufgestellten vier deutschen Einsatzgruppen A, B, C und D begannen unmittelbar nach Kriegsbeginn mit Massenmorden an Juden und Kommunisten oder an als solche betrachteten Personen hinter der Front. Sie berichteten Hitler auf seinen Befehl regelmäßig darüber und ermordeten im ersten Kriegsjahr nach eigenen Angaben fast eine Million Menschen. Die Wehrmacht verhielt sich unterschiedlich; einige Kommandeure gaben die Befehle nicht weiter, andere unterstützten die SS aktiv. Soldaten, die sich weigerten, an den Mordaktionen teilzunehmen, wurden in der Regel jedoch nicht bestraft, mussten aber teilweise Nachteile in Kauf nehmen.

Der international renommierte britische Historiker und Hitlerbiograph Ian Kershaw resümiert den Zusammenhang dieses Krieges mit dem Holocaust wie folgt:

„Es war kein Zufall, dass der Krieg im Osten zu einem Genozid führte. Das ideologische Ziel der Auslöschung des ‚jüdischen Bolschewismus' stand im Mittelpunkt, nicht am Rande dessen, was man bewusst als einen Vernichtungskrieg angelegt hatte. Er war mit dem militärischen Feldzug untrennbar verbunden. Mit dem Anrücken der Einsatzgruppen, das in den ersten Tagen des Angriffs einsetzte und durch die Wehrmacht unterstützt wurde, war die völkermordende Natur dieser Auseinandersetzung bereits eingeleitet. Die deutsche Kriegführung im Russlandfeldzug sollte sich schnell zu einem umfassenden Völkermordprogramm entwickeln, wie es die Welt noch nie gesehen hatte. Hitler sprach während des Sommers und Herbstes 1941 zu seinem engeren Gefolge häufig in den brutalsten Ausdrücken über die ideologischen Ziele des Nationalsozialismus bei der Zerschlagung der Sowjetunion. Während derselben Monate äußerte er sich bei zahllosen Gelegenheiten in seinen Monologen immer wieder mit barbarischen Verallgemeinerungen über die Juden. Das war genau die Phase, da aus den Widersprüchen und dem Mangel an Klarheit in der antijüdischen Politik ein Programm zur Ermordung aller Juden im von den Deutschen eroberten Europa konkrete Gestalt anzunehmen begann.[90]"

Dem US-amerikanischen Holocaustforscher Christopher Browning zufolge „setzten die Vorbereitungen auf das ‚Unternehmen Barbarossa' eine Kette von verhängnisvollen Ereignissen in Gang, und der mörderische ‚Vernichtungskrieg' führte dann rasch zum systematischen Massenmord, zuerst an den sowjetischen und bald darauf auch an den anderen europäischen Juden".[91] Dabei zeigen Forschungsergebnisse einer internationalen Historikerkommission 2010, dass „nach dem Überfall auf die Sowjetunion im Juni 1941 das Auswärtige Amt die Initiative zur Lösung der ‚Judenfrage' auf europäischer Ebene" ergriffen hatte.[92] Der MGFA-Historiker Rolf-Dieter Müller schrieb in doppelter Hinsicht von dem „anderen Holocaust". Zum einen sei das „Unternehmen Barbarossa" von vornherein als Eroberungs- und Vernichtungskrieg geplant und geführt worden und den Bürgern der Sowjetunion als „slawische Untermenschen" ein ähnliches Schicksal wie den Juden zugedacht worden. Zum anderen habe bald nach Beginn des Russlandfeldzugs die planmäßige Ermordung der Juden selbst im Fokus der Verbrechen gestanden.[93] Während der deutschen Besatzungszeit wurden in den von Deutschland okkupierten Territorien der damaligen UdSSR ca. drei Millionen Juden umgebracht.[94]

Vergewaltigungen

Vergewaltigungen durch Soldaten der Wehrmacht blieben bis Anfang der 2000er Jahre weitgehend unerforscht.[95] Omer Bartov erinnert an eine Kampagne in der Wehrmacht, beispielsweise seitens der Division Großdeutschland, der 18. Panzer-Division oder der 12. Infanterie-Division, die Soldaten von einer „Fraternisierung" mit russischen Frauen abzuhalten.[96] Die Beziehungen zu russischen Frauen waren untersagt, weil diese „rassisch minderwertig" seien und daher einen „unwürdigen" Umgang für einen deutschen Soldaten darstellten.[96] Die Truppen wurden angewiesen, stärkste Zurückhaltung zu üben.[96] Die Verbreitung von Geschlechtskrankheiten sollte damit verhindert werden. Auch verdächtigte man Frauen der Agentinnen- oder Partisaninnentätigkeit.[96] Deutsche Soldaten, die einer Vergewaltigung überführt waren, wurden mit vier[97] und bis zu acht Jahren Haft[98] bestraft (Urteil gegen Sanitäts-Soldat an der Westfront).[99] Das deutsche Strafrecht galt für Soldaten im Krieg.[100]

Birgit Beck sieht im Problem der „dürren" Quellenlage,[101] dass offenbar seitens der zuständigen Disziplinarvorgesetzen bei der Wehrmacht nicht immer Interesse daran bestand, „sexuelle Gewalt gegen Zivilisten unnachgiebig zu verfolgen und zu ahnden, da im Rahmen des rassenideologisch motivierten Eroberungs- und Vernichtungskrieges die Demütigung der Bevölkerung einen festen Bestandteil der Kriegsführung darstellt."[102] In ihrer 2004 publizierten Dissertation zu sexueller Gewalt von Wehrmachtsoldaten weist Beck darauf hin, dass vor allem der „Kriegsgerichtsbarkeitserlass" vom 13. Mai 1941, der Straftaten deutscher Soldaten gegen sowjetische Zivilisten dem militärgerichtlichen

„Verfolgungszwang" entzog, damit die Grundlage für die Strafverfolgung sexueller Delikte zerstörte und ihre Erfassung weitgehend verhinderte.[103] Vergewaltigungen sowjetischer Frauen durch deutsche Soldaten seien am häufigsten „im Rahmen der Einquartierungen in zivile Häuser, bei angeordneten Requirierungen oder im Zusammenhang mit Plünderungen" erfolgt.[104] Regina Mühlhäuser bestätigt in ihrer einschlägigen, speziell auf den Deutsch-Sowjetischen Krieg bezogenen Dissertation 2010 diese Befunde und stellt fest, dass die wenigsten von Wehrmachtsoldaten begangenen sexuellen Gewalttaten disziplinarische Konsequenzen nach sich zogen oder gerichtlich geahndet wurden.[105] Sie erklärt diesen Umstand auch damit, dass dominantes männliches Sexualverhalten „als Ausdruck von soldatischer Stärke betrachtet wurde" und deshalb „die Truppenführer sowie die Führungen von Wehrmacht und SS sexuelle Gewalttaten in weiten Teilen in Kauf genommen" hätten.[106] Die Sowjetunion legte in und nach dem Krieg dokumentierte Fälle von Notzuchtverbechen vor. Diese ließen jedoch offen, ob Wehrmacht-, SS- oder Polizei-Verbände diese Verbrechen begangen hatten.[107] Zudem wurden ausschließlich Augenzeugenberichte übergeben.[107]

Rote Armee

Catherine Merridale und Norman M. Naimark schätzten die Zahl der von sowjetischen Soldaten vergewaltigten deutschen Frauen auf mehrere Hunderttausend,[108] Heinz Nawratil und Barbara Johr auf zwei Millionen.[109] Zahlreiche Familien entzogen sich der Gewalt durch Suizid. In Budapest wird die Zahl der vergewaltigten Frauen auf 50.000 geschätzt, viele davon wurden ermordet.[110] Die nationalsozialistische Propaganda unter Joseph Goebbels charakterisiert die sowjetischen Soldaten als Vergewaltiger, die deutsche Mädchen und Frauen in unvorstellbarer Zahl schändeten, um „das Bild der Roten Armee als einer asiatischen Horde zu verstärken".[111]

Behandlung der sowjetischen Kriegsgefangenen

Obwohl das Genfer Abkommen über die Behandlung der Kriegsgefangenen vom 27. Juli 1929 für die Unterzeichner auch gegenüber Staaten bindend war, die ihm nicht beigetreten waren, wurde es gegenüber sowjetischen Soldaten nicht angewendet. Auch laut Haager Landkriegsordnung (HLKO) von 1907, die als Völkergewohnheitsrecht angesehen wurde, hätten die kriegsgefangenen Angehörigen der sowjetischen Streitkräfte entsprechend der HLKO behandelt werden müssen, zumal die Sowjetunion am 17. Juli 1941 erklärte, „sie wolle auf der Basis der Gegenseitigkeit die HLKO einhalten, der sie bis dahin nicht beigetreten war" – doch in einer „von Hitler selbst formulierten Antwortnote" lehnte die deutsche Seite am 21. August 1941 brüsk ab, denn „es lag nicht in Hitlers Interesse, auf diesem Kriegsschauplatz kriegsvölkerrechtliche Regeln gelten zu lassen."[112] Entsprechend verfügten bereits die „Bestimmungen über das Kriegsgefangenenwesen" vom 16. Juni 1941: „Der Bolschewismus ist der Todfeind des nationalsozialistischen Deutschland. Daher rücksichtsloses und energisches Durchgreifen bei den geringsten Anzeichen von Widersetzlichkeit, insbesondere gegenüber bolschewistischen Hetzern. Restlose Beseitigung jedes aktiven und passiven Widerstandes."[113] In einer vom OKW am 8. September 1941 verschärften „Anordnung für die Behandlung sowjetischer Kriegsgefangener" wurde verfügt: „Der bolschewistische Soldat hat jeden Anspruch auf Behandlung als ehrenvoller Soldat nach dem Genfer Abkommen verloren [...] Waffengebrauch gegenüber sowjetischen Kriegsgefangenen gilt in der Regel als rechtmäßig."[114] Der so genannte Kommissarbefehl führte dazu, dass SS-Einsatzkommandos die Gefangenenlager nach Politkommissaren und anderen „politisch untragbaren" Personen durchkämmten. Diese Gefangenen wurden einer „Sonderbehandlung" zugeführt, das heißt, sie wurden in Konzentrationslager überführt und dort meist sofort erschossen.[115]

Nach den großen Kesselschlachten der ersten Monate befanden sich sowjetische Kriegsgefangene zu Hunderttausenden, meist unter freiem Himmel, in sogenannten Stammlagern (Stalags) und Durchgangslagern (Dulags, in denen sie oft „nicht nur zur vorübergehenden Durchschleusung, sondern langfristig untergebracht waren.")[116] Bis Mitte Dezember 1941 waren 3,35 Millionen Rotarmisten in deutsche Gefangenschaft geraten.[117] Aufgrund ideologischer Vorgaben und kriegswirtschaftlichem Kalkül „rangierten sowjetische Kriegsgefangene" neben den Juden und anderen „rassisch missliebigen Menschen [...] auf einer rassenideologisch geprägten Ernährungspyramide (am) unteren Ende der zur Vernichtung vorgesehenen Bevölkerungsgruppen."[118] Als der Generalquartiermeister des Heeres Eduard Wagner von Generalmajor Hans von Greiffenberg auf die Notwendigkeit einer einigermaßen zureichenden Ernährung der sowjetischen Kriegsgefangenen angesprochen wurde, antwortete er am 13. November 1941, dies sei aufgrund der allgemeinen Ernährungslage nicht möglich und stellte lapidar fest: „Nicht arbeitende Kriegsgefangene in den Gefangenenlagern haben zu verhungern."[119] Nach der einschlägigen Dissertation Christian Streits sind bis Februar 1942 zwei Millionen sowjetische Kriegsgefangene umgekommen, die meisten starben den Hungertod.[120] Ostminister Alfred Rosenberg beklagte in einem Brief vom 28. Februar 1942 an den Chef des OKW General Keitel, dass die umgekommenen Rotarmisten nun der deutschen Kriegswirtschaft fehlten:

„Das Schicksal der sowjetischen Kriegsgefangenen [...] ist eine Tragödie größten Ausmaßes. Von den 3,6 Millionen Kriegsgefangenen sind heute nur noch einige Hunderttausend voll arbeitsfähig. Ein großer Teil von ihnen ist verhungert [...] So muss auch die deutsche Wirtschafts- und Rüstungsindustrie für die Fehler in der Kriegsgefangenenbehandlung büßen."[121]

Erst durch den nun verstärkten Arbeitseinsatz für die deutsche Kriegswirtschaft sank die Sterblichkeitsrate der Gefangenen. Nach seriösen wissenschaftlichen Untersuchungen kamen bis Kriegsende zwischen 2,5 und 3,3 Millionen sowjetische Kriegsgefangene in Wehrmachtsgewahrsam zu Tode.[122] Dem Yale-Historiker Timothy Snyder zufolge wurde der Großteil dieser Menschen „gezielt umgebracht, oder es lag die bewusste Absicht vor, sie den Hungertod sterben zu lassen. Wäre der Holocaust nicht gewesen, man würde dies als das schlimmste Kriegsverbrechen der Neuzeit erinnern."[123] Christian Hartmann, Historiker am Institut für Zeitgeschichte, definiert den Tatbestand, dass in der Obhut der Wehrmacht „etwa 3 Millionen sowjetische Gefangene verhungert, erfroren, an Seuchen krepiert [sind] oder erschossen [wurden]", als „das größte Verbrechen der Wehrmacht".[124]

Behandlung der deutschen Kriegsgefangenen

Auch die Lage der Deutschen in sowjetischer Kriegsgefangenschaft war katastrophal. Die in den ersten Monaten des Deutsch-Sowjetischen Krieges gefangen genommenen deutschen Soldaten wurden oftmals auf Anordnung von Politkommissaren oder auf Befehl von fanatischen Offizieren sofort erschossen. Diese Praxis wurde im weiteren Verlauf des Kriegs seltener und war wahrscheinlich als Reaktion auf den deutschen Kommissarbefehl sowie auf aufpeitschende Sowjetpropaganda (z. B. Ehrenburg) zurückzuführen.

Die harten klimatischen Bedingungen, die Zerstörungen des Landes und die schlechten Lebensbedingungen, unter denen auch die Zivilbevölkerung zu leiden hatte, verursachten eine außerordentlich hohe Sterblichkeitsrate unter den deutschen Kriegsgefangenen. Viele Tausende starben an Unterernährung oder Entkräftung auf den Transporten in die Lager im Hinterland. Unterkünfte, ärztliche Behandlung und Verpflegung waren schlecht, die Arbeitsbedingungen dafür unverhältnismäßig hart. Von etwa 3.060.000 deutschen Kriegsgefangenen kamen schätzungsweise 1.100.000 ums Leben.[125] Von den 1941/42 in Gefangenschaft geratenen Soldaten starben etwa 90–95 %; von denen im Jahre 1943 starben etwa 60–70 %, im Jahre 1944 etwa 30–40 % und von den im Jahre 1945 gefangenen etwa 20–25 %.[126] Ab dem Jahre 1949 verbesserte sich die allgemeine Lage in der Sowjetunion, was auch positive Effekte auf die Lebenssituation in den Kriegsgefangenenlagern mit sich brachte und die Sterblichkeitsrate auf ein normales Maß reduzierte.

Beim Einmarsch der Roten Armee in die östlichen Reichsgebiete wurden oftmals auch HJ- oder BDM-Angehörige oder sogar unbeteiligte Zivilisten auf offener Straße aufgegriffen und nach dem Osten zur Zwangsarbeit deportiert. Die Kriegsgefangenen in der UdSSR waren billige Arbeitskräfte und halfen beim Wiederaufbau des verwüsteten Landes mit. Bis 1950 war das Gros der Kriegsgefangen entlassen, zurück blieben nur „kriminelle Elemente", die wegen „tatsächlichen oder vermeintlichen Verbrechen im Zusammenhang mit Kriegshandlungen" verurteilt worden waren.[127] Die letzten von ihnen, rund 10.000 Mann, wurden auf Verhandlungen Bundeskanzler Adenauers zur Jahreswende 1955/56 entlassen.

Einzelnachweise

- (1) Ernst Nolte: Der Faschismus in seiner Epoche. Erstausgabe. Piper Verlag, München 1963, S. 436.
- (2) Andreas Hillgruber: Die „Endlösung" und das deutsche Ostimperium als Kernstück des rassenideologischen Programms des Nationalsozialismus. VfZ 20 (1972) Droste, 1976, S. 133–153.
- (3) Klaus-Michael Mallmann, Jochen Böhler, Jürgen Matthäus: Einsatzgruppen in Polen: Darstellung und Dokumentation. Wissenschaftliche Buchgesellschaft, Darmstadt 2008, ISBN 978-3-534-21353-5.
- (4) Manfred Messerschmidt: Der Krieg im Osten. Ursachen und Charakter des Krieges gegen die Sowjetunion. In: Reinhard Kühnl, Ulrike Hörster-Philipps (Hrsg.): Hitlers Krieg? Zur Kontroverse um Ursachen und Charakter des Zweiten Weltkrieges. Pahl-Rugenstein, Köln 1989, S. 109 ff., besonders 115.

- (13) Gerhard L. Weinberg: Eine Welt in Waffen. Die Geschichte des Zweiten Weltkriegs. WBG, Darmstadt 1995, S. 202; Rolf-Dieter Müller, Gerd R. Ueberschär: Hitlers Krieg im Osten 1941–1945. Ein Forschungsbericht. Wissenschaftliche Buchgesellschaft, Darmstadt 2000, S. 1–55; insb. S. 30; Lothar Gall, Klaus Hildebrand: Enzyklopädie deutscher Geschichte. Die Außenpolitik des Dritten Reiches. Oldenbourg, München 2006, S. 89.
- (14) Diemut Majer: „Fremdvölkische" im Dritten Reich. Ein Beitrag zur nationalsozialistischen Rechtssetzung und Rechtspraxis in Verwaltung und Justiz. Unter besonderer Berücksichtigung der Ostgebiete und des Generalgouvernements. 1993, ISBN 3-7646-1933-3, S. 330.
- (15) Mark Mazower, Martin Richter: Hitlers Imperium: Europa unter der Herrschaft des Nationalsozialismus. C.H. Beck, München 2009, ISBN 978-3-406-59271-3, S. 585.
- (16) Wortlaut: Jörg Echternkamp: Die 101 wichtigsten Fragen – Der Zweite Weltkrieg. Beck, München 2010, ISBN 978-3-406-59314-7, S. 52 f.; Außerkraftsetzung: Wigbert Benz: Der Russlandfeldzug des Dritten Reiches. Ursachen, Ziele, Wirkungen: zur Be-

wältigung eines Völkermords unter Berücksichtigung des Geschichtsunterrichts. 2. durchgesehene Auflage, Haag & Herchen, Frankfurt am Main 1988, ISBN 3-89228-199-8, S. 49; Thomas Kühne: Kameradschaft. Die Soldaten des nationalsozialistischen Krieges. Vandenhoeck & Ruprecht, Göttingen 2006, ISBN 3-525-35154-2, S. 105 f.
- (17) Rolf-Dieter Müller, Hans-Erich Volkmann: Die Wehrmacht: Mythos und Realität. Oldenbourg Wissenschaftsverlag, München 1999, S. 840.; Hans Mommsen: Der Krieg gegen die Sowjetunion und die deutsche Gesellschaft. In: Bianka Pietrow-Ennker (Hrsg.): Präventivkrieg? Der deutsche Angriff auf die Sowjetunion. 2. Auflage. Fischer TB, Frankfurt am Main 2000, ISBN 3-596-14497-3, S. 58.
- (18) Johannes Hürter: Hitlers Heerführer – Die deutschen Oberbefehlshaber im Krieg gegen die Sowjetunion 1941/42. 2. Auflage. Oldenbourg, München 2007, ISBN 978-3-486-58341-0, S. 207, 249.
- (19) Alex J. Kay: „Hierbei werden zweifellos zig Millionen Menschen verhungern". Die deutsche Wirtschaftsplanung für die besetzte Sowjetunion und ihre Umsetzung 1941–1944. In: Transit. Europäische Revue. Heft 38 (2009), S. 57–77, hier S. 69.
- (20) Rolf-Dieter Müller: Das „Unternehmen Barbarossa" als wirtschaftlicher Raubkrieg. In: Gerd R. Ueberschär, Wolfram Wette (Hrsg.): Der deutsche Überfall auf die Sowjetunion. „Unternehmen Barbarossa" 1941. Fischer, Frankfurt am Main 1991, S. 125–158, hier S. 152.
- (21) Aktennotiz über eine Besprechung der Staatssekretäre vom 2.5.1941. In: Gerd R. Ueberschär, Wolfram Wette (Hrsg.): Der deutsche Überfall auf die Sowjetunion – „Unternehmen Barbarossa" 1941. S. 377 (Dok. 35).
- (22) Christian Gerlach: Kalkulierte Morde. Die deutsche Wirtschafts- und Vernichtungspolitik in Weißrußland 1941 bis 1944. Hamburg 1999, S. 46 ff.
- (23) Wigbert Benz: Der Hungerplan im „Unternehmen Barbarossa" 1941. wvb, Berlin 2011, S. 44–47; siehe weiterhin Wigbert Benz: Kalkül und Ideologie – Das Hungervorhaben im „Unternehmen Barbarossa" 1941. In: Klaus Kremb (Hrsg.): Weltordnungskonzepte. Hoffnungen und Enttäuschungen des 20. Jahrhunderts. Wochenschau Verlag, Schwalbach/Ts. 2010, S. 19–37, hier S. 21–25 (Textauszug).

- (24) Hans-Heinrich Nolte: Kleine Geschichte Rußlands. Stuttgart 1998, S. 253–263.
- (25) Timothy Snyder: Bloodlands. Europe between Hitler an Stalin. New York 2010, S. 411.
- (26) Dieter Pohl: Verfolgung und Massenmord in der NS-Zeit. Wissenschaftliche Buchgesellschaft, Darmstadt 2003, ISBN 3-534-15158-5, S. 51 f.

- (88) Dieter Pohl: Verfolgung und Massenmord in der NS-Zeit 1933 bis 1945. Darmstadt 2003, S. 36 f.
- (89) Christian Gerlach: Kalkulierte Morde. Die deutsche Wirtschafts- und Vernichtungspolitik in Weißrussland 1941 bis 1944. Hamburg 1999.
- (90) Ian Kershaw: Hitler 1936–1945. Deutsche Verlags-Anstalt, Stuttgart 2000, S. 617.
- (91) Christopher Browning: Die Entfesselung der „Endlösung". Nationalsozialistische Judenpolitik 1939–1942. Mit einem Beitrag von Jürgen Matthäus. List Taschenbuch, Berlin 2006, ISBN 3-548-60637-7, S. 318 (Propyläen, Berlin/München 2003, ISBN 3-549-07187-6).
- (92) Eckart Conze, Norbert Frei, Peter Hayes, Moshe Zimmermann: Das Amt und die Vergangenheit. Deutsche Diplomaten im Dritten Reich und in der Bundesrepublik. München 2010, S. 185.
- (93) Rolf Dieter Müller: Der andere Holocaust. In: Die Zeit. vom 1. Juli 1988.
- (94) Ilja Altman: Opfer des Hasses. Der Holocaust in der UdSSR 1941–1945. Mit einem Vorwort von Hans-Heinrich Nolte. Muster-Schmidt-Verlag, Gleichen/Zürich 2008, S. 7, 47.
- (95) So wurde noch 1999 auf die damals in Arbeit stehende Dissertation Birgit Becks zu sexueller Gewalt von Wehrmachtsoldaten verwiesen. Siehe Birthe Kundrus: Nur die halbe Geschichte. Frauen im Umfeld der Wehrmacht. In: R.D. Müller, H.E. Volkmann (Hrsg. im Auftrag des MGFA): Die Wehrmacht: Mythos und Realität. Oldenbourg, München 1999, ISBN 3-486-56383-1, S. 719–735, hier S. 733.

- ➢ (96) Rolf-Dieter Müller Hans-Erich Volkmann: Die Wehrmacht – Mythos und Realität. Oldenbourg, München 1999, ISBN 3-486-56383-1, S. 733 (online auf: books.google.de).
- ➢ (97) Birgit Beck: Vergewaltigungen. Sexualdelikte von Soldaten vor Militärgerichten der deutschen Wehrmacht, 1939–1944. In: Karen Hagemann, Stefanie Schüler-Springorum (Hrsg.): Heimat-Front. Militär und Geschlechterverhältnisse im Zeitalter der Weltkriege. Frankfurt 2002, S. 263, 259.
- ➢ (98) Anm.: BA, ZNS, RH 23-G: Gericht 296. Inf. Div, Nr. 111/40: Strafsache gegen den Franz H., Urteil vom 10. Juli 1940 (Einsatzgebiet Westfront)
- ➢ (99) Christian Hartmann: Wehrmacht im Ostkrieg. Front und militärisches Hinterland 1941/42. Oldenbourg, München 2010, ISBN 978-3-486-70225-5, S. 211 (online auf: books.google.de).
- ➢ (100) Birgit Beck: Vergewaltigungen. Sexualdelikte von Soldaten vor Militärgerichten der deutschen Wehrmacht, 1939–1944. In: Karen Hagemann, Stefanie Schüler-Springorum (Hrsg.): Heimat-Front. Militär und Geschlechterverhältnisse im Zeitalter der Weltkriege. Frankfurt 2002, S. 263, 259.
- ➢ (101) Rolf-Dieter Müller Hans-Erich Volkmann: Die Wehrmacht – Mythos und Realität. Oldenbourg, München 1999, ISBN 3-486-56383-1, S. 733 f. (online auf: books.google.de).
- ➢ (102) Birthe Kundrus: Nur die halbe Geschichte. Frauen im Umfeld der Wehrmacht. In: R. D. Müller, H.E. Volkmann (Hrsg.): Die Wehrmacht: Mythos und Realität. Oldenbourg, München 1999, S. 734.
- ➢ (103) Birgit Beck: Wehrmacht und sexuelle Gewalt. Sexualverbrechen vor deutschen Militärgerichten 1939–1945. Paderborn 2004, ISBN 3-506-71726-X, S. 327.
- ➢ (104) Birgit Beck: Wehrmacht und sexuelle Gewalt. Sexualverbrechen vor deutschen Militärgerichten 1939–1945. S. 328.
- ➢ (105) Regina Mühlhäuser: Eroberungen. Sexuelle Gewalttaten und intime Beziehungen deutscher Soldaten in der Sowjetunion 1941–1945. Hamburger Edition, Hamburg 2010, S. 145.
- ➢ (106) Regina Mühlhäuser: Eroberungen. Sexuelle Gewalttaten und intime Beziehungen deutscher Soldaten in der Sowjetunion 1941–1945. Hamburger Edition, Hamburg 2010, S. 154.

- ➤ (107) Rolf-Dieter Müller Hans-Erich Volkmann: Die Wehrmacht – Mythos und Realität. Oldenbourg, München 1999, ISBN 3-486-56383-1, S. 734 (online auf: books.google.de).
- ➤ (108) Catherine Merridale: Iwans Krieg. Die Rote Armee 1939–1945. S. Fischer Verlag, Frankfurt am Main 2006, S. 348; Norman M. Naimark: Die Russen in Deutschland. Die Sowjetische Besatzungszone 1945 bis 1949. Ullstein, Berlin 1997, ISBN 3-548-26549-9, S. 160.
- ➤ (109) Barbara Johr: Die Ereignisse in Zahlen. In: Helke Sander/Barbara Johr (Hrsg.): BeFreier und Befreite. Krieg, Vergewaltigung Kinder. Verlag Antje Kunstmann, München 1992, ISBN 3-88897-060-1, S. 46–73, hier S. 49; Heinz Nawratil: Massenvergewaltigungen bei der Besetzung Ostdeutschlands durch die Rote Armee. In: Franz W. Seidler, Alfred de Zayas: Kriegsverbrechen in Europa und im Nahen Osten im 20. Jahrhundert. Mittler, Hamburg 2002, ISBN 3-8132-0702-1, S. 122.
- ➤ (110) James Mark: Remembering Rape: Divided Social Memory and the Red Army in Hungary 1944–1945. In: Past & Present. Number 188, August 2005, S. 133; Krisztian Ungvary: The Siege of Budapest. 2005, S. 350.
- ➤ (111) Catherine Merridale: Iwans Krieg. Die Rote Armee 1939–1945. S. Fischer Verlag, Frankfurt am Main 2006, ISBN 3-10-048450-9, S. 348 f.
- ➤ (112) Rüdiger Overmans: Die Kriegsgefangenenpolitik des Deutschen Reiches 1939 bis 1945. In: Die Deutsche Kriegsgesellschaft 1939–1945. Band 9. Zweiter Halbband: Ausbeutung, Deutungen, Ausgrenzung. Im Auftrag des Militärgeschichtlichen Forschungsamtes herausgegeben von Jörg Echternkamp. DVA, München 2005 (= Das Deutsche Reich und der Zweite Weltkrieg Band 9/1–2), S. 729–875, hier S. 799 f.
- ➤ (113) Gerd R. Ueberschär, Wolfram Wette (Hrsg.): Der deutsche Überfall auf die Sowjetunion – „Unternehmen Barbarossa" 1941. Frankfurt am Main 1991, S. 261 (Dok. 9)
- ➤ (114) Gerd R. Ueberschär, Wolfram Wette (Hrsg.): Der deutsche Überfall auf die Sowjetunion – „Unternehmen Barbarossa" 1941. S. 297 ff. (Dok. 26)
- ➤ (115) Christian Streit: Keine Kameraden. Die Wehrmacht und die sowjetischen Kriegsgefangenen 1941–1945. Neuausgabe. Dietz, Bonn 1991, S. 83 ff.

- (116) Rüdiger Overmans: Die Kriegsgefangenenpolitik des Deutschen Reiches 1939 bis 1945. S. 804.
- (117) Rüdiger Overmans: Die Kriegsgefangenenpolitik des Deutschen Reiches 1939 bis 1945. S. 805.
- (118) Rolf-Dieter Müller: Der Zweite Weltkrieg 1939 1945. Klett-Cotta, Stuttgart 2004, S. 175 f. (= Gebhardt. Handbuch der deutschen Geschichte, hrsg. v. Wolfgang Benz, Band 21)
- (119) Rüdiger Overmans: Die Kriegsgefangenenpolitik des Deutschen Reiches 1939 bis 1945. S. 809.
- (120) Christian Streit: Keine Kameraden. Die Wehrmacht und die sowjetischen Kriegsgefangenen 1941–1945. S. 128.
- (121) Gerd R. Ueberschär, Wolfram Wette (Hrsg.): Der deutsche Überfall auf die Sowjetunion – „Unternehmen Barbarossa" 1941. S. 345 f. (Dok. 43); siehe auch Rüdiger Overmans: Die Kriegsgefangenenpolitik des Deutschen Reiches 1939 bis 1945. S. 816.
- (122) Christian Streit: Keine Kameraden. S. 10 u. passim, berechnet, in erster Linie auf Basis der „Nachweisung des Verbleibs der sowjetischen Kriegsgefangenen nach dem Stand vom 1. Mai 1944", 3,3 Millionen tote sowjetische Kriegsgefangene; Alfred Streim: Sowjetische Gefangene in Hitlers Vernichtungskrieg. Berichte und Dokumente 1941–1945. Müller Juristischer Verlag, Heidelberg 1982, S. 244 ff., gibt auf der Grundlage von Prozessakten der Nachkriegszeit mindestens (Hervorhebung bei Streim) 2.530.000 Opfer an; Rüdiger Overmans: Die Kriegsgefangenenpolitik des Deutschen Reiches 1939 bis 1945. S. 820, kommt in seiner jüngsten Untersuchung durch Abgleich verschiedener Dokumente und statistischer Verfahren auf eine Zahl zwischen zweieinhalb und drei Millionen in deutschem Gewahrsam umgekommenen Rotarmisten, da „zwischen 2,3 und 2,8 Millionen Personen – also etwa die Hälfte der mehr als 5,3 Millionen sowjetischen Kriegsgefangenen – überlebt" hätten.
- (123) Timothy Snyder: Der Holocaust. Die ausgeblendete Realität. In: Eurozine. 18. Februar 2010, In: Transit. Heft 38, 2009, S. 6–19, Zitat S. 9.
- (124) Christian Hartmann: Unternehmen Barbarossa. Der deutsche Krieg im Osten 1941–1945. München 2011, S. 65.
- (125) Albrecht Lehmann: Gefangenschaft und Heimkehr. Deutsche Kriegsgefangene in der Sowjetunion. C.H. Beck, München 1986, ISBN 3-406-31518-6, S. 29.

➢ (126) Christian Zentner: Der Zweite Weltkrieg – Ein Lexikon. Heyne, München 1998.
➢ (127) Albrecht Lehmann: Gefangenschaft und Heimkehr. Deutsche Kriegsgefangene in der Sowjetunion. C.H. Beck, München 1986, S. 28–37, Zitat S. 29.

Quelle: _https://de.wikipedia.org/wiki/Deutsch-Sowjetischer_Krieg_

Lizenzbedingungen: _http://creativecommons.org/licenses/by-sa/3.0/deed.de_

Daten

Division Großdeutschland

Die Division Großdeutschland war ein Großverband der Wehrmacht im Zweiten Weltkrieg.

Geschichte

Entstehung

Die Wurzeln der Großdeutschland-Verbände liegen beim Wachregiment Berlin und Teilen des Infanterie-Lehr-Regimentes der Heeresschule Döberitz.

Im April 1939 wurde dem Wachregiment der Name Infanterie-Regiment „Großdeutschland" verliehen. Aus diesem und dem Infanterie-Lehr-Regiment Dallgow-Döberitz wurde das Infanterie-Regiment Großdeutschland (mot.) aufgestellt, das aus vier Bataillonen bestand. Im

August musste der neu aufgestellte Verband ein „Führer-Begleitkommando" abgeben, zu dessen und seinen Nachfolgeverbänden als Aufgabe die Bewachung des Führerhauptquartiers gehörte. Nachdem im Oktober 1939 die Einheit auf den Truppenübungsplatz Grafenwöhr zur weiteren Zusammenführung und Abschluss der Umgliederung verlegt worden war, wurde das neue Regiment wiederum im November 1939 in den Westerwald nach Montabaur und Westerburg zur Reserve der Heeresgruppe A verlegt, wo es zeitgleich dem XIX. Armeekorps unter General Heinz Guderian unterstellt wurde.

Kriegseinsatz

Frankreich- und Balkanfeldzug

Das Infanterie-Regiment „Großdeutschland" wurde 1940 erstmals im Kampf eingesetzt. Das Regiment nahm am Frankreichfeldzug unter wechselnden Unterstellungen verschiedener Panzer-Divisionen teil, zunächst im Rahmen des XIX. Armeekorps von General der Panzertruppe Guderian. Das Regiment rückte bis Sedan und Dünkirchen vor und war Anfang Juni 1940 beim Durchbruch der Weygand-Linie und kurz darauf als Teil der Panzergruppe von Kleist an der Einnahme von Lyon beteiligt.

Im Jahr 1941 wurde die Einheit von Frankreich per Bahntransport nach Wien verlegt und im April des Jahres im Balkanfeldzug eingesetzt. Nach dem Abschluss dieses Unternehmens erfolgte die Verlegung in den Raum südlich von Warschau und die Bereitstellung des Regiments im Raum Żelechów als Armeereserve der 2. Panzerarmee. Von hier aus erlebte das Regiment den Beginn des Angriffs auf die Sowjetunion.

Feldzug gegen die Sowjetunion

Die von Generaloberst Heinz Guderian geführte 2. Panzerarmee (eigentlicher Name zu diesem Zeitpunkt Panzergruppe 2) war der südliche Panzerkeil der Heeresgruppe Mitte, deren Hauptstoßrichtung auf Moskau zielte.

Als Armeereserve überschritt das Regiment Großdeutschland erst am 25. Juni, drei Tage nach Feldzugsbeginn, die Grenze bei Brest-Litowsk. Erste Stationen auf dem Vormarsch waren Pruschany, Rużany,

Slonim, Baranowitschi, Stoubzy und Kamienka. Die Einheiten des Regiments erreichten am 2. Juli Minsk, danach überquerten sie bei Berasino den Fluss Beresina. Am 9. Juli wurde bei Mogilew der Dnepr überschritten, anschließend kam es zu Kämpfen bei Schklou, Augustowo und Bely. Im berühmt-berüchtigten Jelnja-Bogen bei Kruglowka, Woroschilo und Ushakovo hatte das Regiment ab Ende Juli schwerste Abwehrkämpfe zu bestehen. Diese Offensive von Jelnja war der Versuch der Roten Armee den Kessel bei Smolensk aufzubrechen und die dort eingeschlossenen eigenen Verbände zu entsetzen.[1]

Da sich Adolf Hitler Mitte August entgegen dem Widerstand seiner Generäle entschlossen hatte, vorerst das strategische Ziel Moskau aufzugeben, hatte dies auch Auswirkungen auf das Regiment Großdeutschland. Nachrückende Infanterieverbände der 2. Panzerarmee lösten es ab und ermöglichten so eine kurzfristige Auffrischung. Das Regiment wurde nun zusammen mit anderen Verbänden der 2. Panzerarmee für einen Stoß nach Süden eingesetzt, aus dem sich Anfang September im Gebiet der Heeresgruppe Süd die Kesselschlacht von Kiew entwickelte. Das Regiment Großdeutschland stieß dabei über den Desna-Brückenkopf bei Nowgorod-Sewerski auf Gluchow vor, das vom Regiment eingenommen wurde. Auf dem weiteren Vormarsch wurde es bei Konotop in der zweiten Septemberwoche in heftige Kämpfe verwickelt.[1]

Nach Beendigung der Kesselschlacht um Kiew verlagerte sich der Schwerpunkt der Kampfhandlungen zur Heeresgruppe Mitte, die nun wieder den Auftrag erhielt, das alte Ziel Moskau noch vor dem Wintereinbruch zu erreichen (Unternehmen Taifun). Die Speerspitze des südlichsten Zangenarms bildete wieder die 2. Panzerarmee. Während sich in den ersten Tagen des Unternehmens die erfolgreiche Doppelschlacht bei Wjasma und Brjansk entwickelte, führten die erste Schneefälle zur gefürchteten Rasputiza, welche den Vormarsch für drei Wochen im Oktober weitgehend lahmlegte. Das Regiment Großdeutschland mühte sich in dieser Zeit über Mzensk, Tschern und Plawsk in den Raum Tula vor.[1] Im Umkreis dieser belagerten Stadt übernahm es bis Ende November Sicherungsaufgaben.[2] Anfang Dezember wurde es dann für einen Stoß nach Nordosten über Wenew herausgezogen. Es sollte der östlichste Punkt sein, welche die Großdeutschland-Einheiten in diesem Krieg erreichten. Diese Kämpfe fanden bei Temperaturen statt, die weit unter dem Gefrierpunkt lagen. Ausfälle aufgrund von Erfrierungen häuften sich.[3]

Die endgültige Wende in der Schlacht um Moskau brachte die sowjetische Gegenoffensive ab 5. Dezember, welche auch das Regiment Großdeutschland traf. In der Nacht auf den 7. Dezember gab es die ersten Gefechte mit den frischen sibirischen Truppen, die hervorragend für den Winterkampf ausgebildet und ausgerüstet waren. Nachdem Generaloberst Guderian eigenmächtig für seine Panzerarmee den Rückzug befahl, begann dieser für die Einheiten des Infanterie-Regiments Großdeutschland in den Morgenstunden des 8. Dezembers.[4]

In den nächsten Wochen ging es für die Einheiten des Regiments immer weiter zurück nach Westen. Die Gefechtsstärken der Kompanien sanken dabei auf jene von Zügen, sodass Einheiten zusammengelegt werden mussten. Die vom Vormarsch her bekannte Stadt Mzensk passierten die dezimierten Großdeutschland-Verbände am Morgen des 22. Dezembers in Richtung Westen. In der Nähe von Bolchow wurden die Reste des Regiments in den Oka-Brückenkopf eingegliedert. Nach einigen Tagen der Ruhe griff die Rote Armee den Brückenkopf immer wieder an und fügte den dezimierten Verbänden noch weitere Verluste zu.[5] Am 20. Januar wurden diese aus der Verteidigungsstellung herausgelöst und bis 21. Februar für lokale Angriffsunternehmen in Dörfern wie Jagodnaja oder Gorodok, die sich im Großraum Belew befanden, eingesetzt. Durch diese verlustreichen Kämpfe sank die Kampfstärke des einstmals so großen Verbandes auf drei Offiziere und 30 Unteroffiziere und Mannschaften, fast 1.000 Mann waren in den vergangenen Monaten gefallen und etwa 3.000 verwundet worden.[6]

Einsatz als Division

Im April und Mai 1942 wurde das Regiment zur Infanterie-Division Großdeutschland (mot.) erweitert, und der bisherige Regimentskommandeur Oberst Hörnlein wurde der erste Divisionskommandeur und gleichzeitig zum Generalmajor befördert. Die neue Division wurde sogleich im Rahmen der deutschen Sommeroffensive beim XXXXVIII. Panzerkorps eingesetzt. Der Spätsommer war von den Kämpfen um Rschew gezeichnet. In diesem Raum sollte die Division den Rest des Jahres 1942 verbringen und sich hier den Namen „Feuerwehr" verdienen.

Die Infanterie-Division Großdeutschland wurde von jetzt an immer an Brennpunkten der Front eingesetzt.

Das Jahr 1943 war zunächst für die Division mit dem Abschluss der Einsätze im Raum Rschew verbunden.

Durch die Niederlage von Stalingrad und weitere Angriffe der russischen Truppen Operation Ostrogoschsk-Rossosch entstand im Januar 1943 eine 100–150 km lange Frontlücke. Der Vormarsch der russischen Truppen und der Rückzug italienischer und ungarischer Truppen sollte ab Ende Januar 1943 durch die Panzergrenadier-Division Großdeutschland und SS-Divisionen gestoppt werden. Im Laufe der Gegenangriffe und Abwehrkämpfe zog sich die Division entlang der Rollbahn bis Mitte Februar 1943 in den Raum Charkow zurück.[7] Hier nahm die Division dann im Verlauf des Februar/März 1943 an der Schlacht bei Charkow teil. Im Juni wurde die Infanterie-Division in Panzergrenadier-Division Großdeutschland umbenannt. Die offizielle Bezeichnung des Verbandes war zwar Panzergrenadier-Division, von der Gliederung her jedoch eine Panzer-Division, die zudem großzügig mit dem neuesten Material ausgestattet war. Im Sommer folgte der Einsatz in der Schlacht bei Kursk. Im August wurde die Division erneut im Raum Charkow eingesetzt, als es dort im Zuge der Belgorod-Charkower Operation zur entscheidenden vierten Schlacht um Charkow, dem Angriff der Roten Armee zur Rückeroberung, kam.

Die Division blieb bis Juli 1944 im südlichen Bereich der Ostfront eingesetzt. Einsatzräume waren unter anderem im Dnepr-Bogen, bei Krywyj Rih und Kirowohrad, dann beim Tscherkassy-Kessel. Nach den Rückzugskämpfen über den Bug und durch Bessarabien folgten Kämpfe im Osten von Rumänien, unter anderem bei Târgu Frumos. Im Sommer 1944 wurde die mit Ersatz und Waffen aufgefüllte Division nach Litauen verlegt. Dort sollte die Frontlücke zwischen den Heeresgruppen Nord und Mitte geschlossen werden.

Nach Angriffen bei Liepāja, Autz, Tukkum folgten im Oktober dann Abwehr und Rückzugskämpfe, die die Division schließlich in das eingeschlossene Memel führten. Von dort wurde die Division über die Ostsee evakuiert und in Ostpreußen mit Ersatz und Material aufgefüllt.

Bei den Abwehr- und Rückzugskämpfen in Ostpreußen wurde die Division bis Ende April vernichtet. Lediglich Restteilen gelang die Flucht über die Frische Nehrung. Diese etwa 1000 Mann wurden nach Bornholm und Fehmarn evakuiert, wo sie das Kriegsende erlebten.

Spezielle Abzeichen

Ärmelstreifen „Großdeutschland" in altlateinischer Schrift.

Um den Elitestatus des Verbandes hervorzuheben, wurde es ihm erlaubt, spezielle Abzeichen zu tragen; das bekannteste war ein Schriftzug, der in Sütterlinschrift (später in altlateinischer Schrift) das Wort „Großdeutschland" abbildete. Getragen wurde dieses Abzeichen zwölf Zentimeter über dem Ärmelansatz. Da der Verband zur Wehrmacht und nicht zur Waffen-SS gehörte, trugen die Soldaten das Schriftband am rechten Ärmel. Ein weiteres Sonderzeichen war ein sich verflechtendes „GD", das auf den Schulterklappen befestigt war.

Kriegsverbrechen

Während des Frankreichfeldzuges wurden zahlreiche schwarzafrikanische Angehörige der französischen Armee ermordet, sogenannte Tirailleurs sénégalais, die dem Infanterie-Regiment Großdeutschland in die Hände fielen. Belegt sind zwei Massaker an schwarzafrikanischen Soldaten und ihren europäischen Offizieren. Am 10. Juni 1940 wurden mindestens 150 Tirailleurs im Raum Erquinvillers auf dem Marsch nach Montdidier ermordet. Am 19. und 20. Juni 1940 kam es zu einer Serie von Massakern im Raum Chasselay, bei denen das Regiment und die SS-Division Totenkopf etwa 100 Tirailleurs und ihre Offiziere ermordeten.[8]

Auch in Jugoslawien hat die Division Kriegsverbrechen begangen:
„When one German soldier was shot and one seriously wounded in Pancevo, Wehrmacht soldiers and the Waffen SS rounded up about 100 civilians at random...the town commander, Lt. Col. Fritz Bandelow

conducted the Court's Martial...The presiding judge, SS-Sturmbannführer Rudolf Hoffmann sentenced 36 of those arrested to death. On April 21, 1941, four of the civilians were the first to be shot...On the following day eighteen victims were hanged in a cemetery and fourteen more were shot at the cemetery wall by an execution squad of the Wehrmacht's Grossdeutschland regiment."

„Als ein Soldat erschossen und ein anderer in Pančevo schwer verwundet wurde, versammelten Soldaten der Wehrmacht und Waffen-SS willkürlich etwa 100 Zivilisten ... der Kommandeur der Stadt, Oberstleutnant Fritz Bandelow leitete das Militärgericht ... Der vorsitzende Richter SS-Sturmbannführer Rudolf Hoffmann verurteilte 36 der Gefangenen zum Tode. Am 21. April 1941 wurden die ersten vier Zivilisten erschossen ... Am darauffolgenden Tag wurden 18 Opfer auf einem Friedhof erhängt und 14 weitere an der Friedhofsmauer durch ein Exekutionskommando des Regiments Großdeutschland der Wehrmacht erschossen."

— *Scott Abbott (Übers.): German Army and Genocide[9]*

Gliederung

Verstärktes Infanterie-Regiment (mot.) Großdeutschland

Beginnend mit dem 1. Oktober 1939 erfolgte die Umgliederung des Infanterie-Regimentes Großdeutschland in ein motorisiertes Infanterie-Regiment.[10][11] Nach dem Frankreichfeldzug wurden im Laufe des Jahres 1940 weitere Eingliederungen von Verbänden vorgenommen, so dass man auch vom Verstärkten Infanterie-Regiment (mot.) Großdeutschland sprach. Wie nachfolgende Aufstellung der Gliederung zeigt, hatte der Verband am Beginn des Russlandfeldzuges eher die Stärke einer Brigade als die eines herkömmlichen Regimentes:

- Bataillon mit 1., 2. und 3. Schützen-Kompanie und 4. Schwere Kompanie
- II. Bataillon mit 5., 6. und 7. Schützen-Kompanie und 8. Schwere Kompanie

- III. Bataillon mit 9., 10. und 11. Schützen-Kompanie und 12. Schwere Kompanie
- IV. Bataillon mit 13. (le.IG)-Kompanie, 14. (Pz.Jg.) Kompanie, 15. (s.IG) Kompanie und 16. Sturmgeschütz-Batterie
- V. Bataillon mit 17. Kradschützen-Kompanie, 18. Pionier-Kompanie, 19. Nachrichten-Kompanie und 20. Flak-Kompanie

Dem Regiment wurden ferner noch folgende Verstärkungstruppen zugeteilt:

- Artillerie-Abteilung 400
- Versorgungstruppen 400
- Panzergrenadier-Division (offiziell ab 23. Juni 1943)
- Panzergrenadier-Regiment Großdeutschland
- Panzer-Füsilier-Regiment Großdeutschland
- Panzer-Regiment Großdeutschland
- Panzer-Aufklärungs-Abteilung Großdeutschland
- Panzerjäger-Abteilung Großdeutschland
- Sturmgeschütz-Abteilung Großdeutschland
- Panzer-Artillerie-Regiment Großdeutschland
- Heeres-Flakartillerie-Abteilung Großdeutschland
- Panzer-Pionier-Bataillon Großdeutschland
- Panzer-Nachrichten-Abteilung Großdeutschland

Kommandeure

- Oberstleutnant Wilhelm-Hunold von Stockhausen – Juli 1939 bis Februar 1940
- Oberstleutnant Gerhard Graf von Schwerin – Februar bis Mai 1940
- Oberst Wilhelm-Hunold von Stockhausen – Mai 1940 bis August 1941
- Oberst Walter Hörnlein – August 1941 bis April 1942

- Generalmajor Walter Hörnlein – April 1942 bis April 1944
- Generalleutnant Hasso von Manteuffel – April bis August 1944
- Oberst Karl Lorenz – September 1944 bis Mai 1945

Bekannte Divisionsangehörige

Karl Gass (1917–2009), war ein Regisseur für Dokumentarfilme, Reportagen und Porträts sowie in verschiedenen administrativen Funktionen im Filmbereich tätig

Verweise

Literatur

- Thomas McGuirl, Remy Spezzano: Geschichte der Panzergrenadierdivision Grossdeutschland, ISBN 3-89555-033-7.
- Horst Scheibert: Panzer-Grenadier-Division Großdeutschland und ihre Schwesterverbände, ISBN 3-89555-311-5.
- Helmuth Spaeter: Die Einsätze der Panzergrenadier-Division „Großdeutschland", ISBN 3-89555-089-2.
- Helmuth Spaeter: Geschichte des Panzerkorps Großdeutschland, In 3 Bänden, antiquarisch.
- Rolf Stoves: Die gepanzerten und motorisierten deutschen Großverbände, ISBN 3-7909-0279-9.
- Gordon Williamson: German Army Elite Units 1939–45, ISBN 1-84176-405-1.
- Dr. Hans Heinz Rehfeld: Mit dem Eliteverband des Heeres Großdeutschland tief in den Weiten Russlands. Verlagshaus Würzburg, Würzburg, 2. Auflage 2009. ISBN 978-3-88189-773-0. (Tagebuch über die Einsätze, Angriffe und Rückzug, ungeschminkter Bericht über

den Kriegsalltag mit Besiegten, Gefangenen, Gefallenen und Verwundeten).
- Guy Sajer: Denn dieser Tage Qual war groß: Bericht eines vergessenen Soldaten. Deutscher Bücherbund, Stuttgart; Hamburg 1970 (Sprachcode: 'fr' statt 'Französisch', verwenden: Le soldat oublié. Übersetzt von Wolfgang Libal).
- Georg Tessin: Verbände und Truppen der deutschen Wehrmacht und Waffen-SS im Zweiten Weltkrieg 1939–1945. Band 14. Die Landstreitkräfte. Namensverbände. Die Luftstreitkräfte. Fliegende Verbände. Flakeinsatz im Reich 1943–1945. Biblio-Verlag, Bissendorf 1980, ISBN 3-7648-1111-0, S. 94 (eingeschränkte Vorschau in der Google-Buchsuche).

Einzelnachweise

(1) Peter Schmitz und Klaus-Jürgen Thies: Die Truppenkennzeichen der Verbände und Einheiten der deutschen Wehrmacht und Waffen-SS und ihre Einsätze im Zweiten Weltkrieg 1939–1945., S. 855 ISBN 3-7648-1498-5.

(2) Hans Heinz Rehfeldt: Mit dem Eliteverband des Heeres „Großdeutschland" tief in den Weiten Russlands. Würzburg 4. Auflage 2013, S. 21–29.

(3) Hans Heinz Rehfeldt: Mit dem Eliteverband des Heeres „Großdeutschland" tief in den Weiten Russlands. Würzburg 4. Auflage 2013, S. 30–50.

(4) Hans Heinz Rehfeldt: Mit dem Eliteverband des Heeres „Großdeutschland" tief in den Weiten Russlands. Würzburg 4. Auflage 2013, S. 51.

(5) Hans Heinz Rehfeldt: Mit dem Eliteverband des Heeres „Großdeutschland" tief in den Weiten Russlands. Würzburg 4. Auflage 2013, S. 52–102.

(6) Hans Heinz Rehfeldt: Mit dem Eliteverband des Heeres „Großdeutschland" tief in den Weiten Russlands. Würzburg 4. Auflage 2013, S. 103–117.

(7) Hans Heinz Rehfeldt: Mit dem Eliteverband des Heeres „Großdeutschland" tief in den Weiten Russlands. Würzburg 2. Auflage 2009, S. 257–267.

(8) Raffael Scheck: Hitler's African victims. The German Army massacres of Black French soldiers in 1940. Cambridge UP 2006, ISBN 978-0-521-85799-4, hier besonders S. 124–126 und 154–157; deutsch: Hitlers afrikanische Opfer. Die Massaker der Wehrmacht an schwarzen französischen Soldaten. Assoziation A, Berlin 2009. Rezension von Bernhard Schmid, in Dschungel, Beilage zu jungle world 14. Jan. 2010, S. 2–6 (Inhalt englisch).

(9) Scott Abbott [Übers.]: The German army and genocide: crimes against war prisoners, Jews and other civilians in the East, 1939–1944. ed. by the Hamburg Inst. for Social Research. Transl. from the German by Scott Abbott with ed. oversight by Paula Bradish and the Hamburg Inst. for Social Research. New Press, New York 1999, ISBN 1-56584-525-0, S. 42.

(10) Peter Schmitz und Klaus-Jürgen Thies: Die Truppenkennzeichen der Verbände und Einheiten der deutschen Wehrmacht und Waffen-SS und ihre Einsätze im Zweiten Weltkrieg 1939–1945. ISBN 3-7648-1498-5.

(11) Hans Heinz Rehfeldt: Mit dem Eliteverband des Heeres „Großdeutschland" tief in den Weiten Russlands. Würzburg 2. Auflage 2009, S. 115–116.

Quelle u.a: https://de.wikipedia.org/wiki/Division_Gro%C3%9Fdeutschland

Lizenzbedingungen: *http://creativecommons.org/licenses/by-sa/3.0/deed.de*

Dienstgrade in der Wehrmacht:

Mannschaften und Unteroffiziere

Schütze *(je nach Waffengattung: Kanonier, Pionier, Funker usw.)*
Oberschütze *(je nach Waffengattung w.o.)*
Gefreiter
Obergefreiter
Unteroffizier
Unterfeldwebel
Feldwebel *(Artillerie, Kavallerie: Wachtmeister)*
Oberfeldwebel *(Artillerie, Kavallerie: Oberwachtmeister)*
Hauptfeldwebel *(Artillerie, Kavallerie, Ordnungspolizei: Hauptwachtmeister)* = kein Dienstrang, sondern eine Dienststellungsbezeichnung für den Kompaniefeldwebel *(ugs. Spieß)*, auch als Hauptfeldwebel-Diensttuer bezeichnet
Stabsfeldwebel *(in der Wehrmacht 1938 als höchster Dienstrang der Unteroffiziere eingeführt)*

Offiziere

Leutnant
Oberleutnant
Hauptmann
Major
Oberstleutnant
Oberst
Generalmajor
Generalleutnant
General
Generaloberst
Generalfeldmarschall

Offiziersanwärter

OA = Offiziersanwärter

Fahnenjunker (Unteroffizier) OA
Fähnrich OA
Fahnenjunker (Feldwebel) OA
Oberfähnrich OA analog hierzu auch der Unterarzt *(im Sanitätsdienst)*

Erläuterung zum Roman

Am 28. Juni 1942 begann an der Ostfront, unter dem Decknamen „*Fall Blau*", bzw. unter den neu vergebenen Decknamen „*Unternehmen Edelweiß*" und „*Unternehmen Braunschweig*", die deutsche Sommeroffensive gegen die Rote Armee.

Der Eintrag im Kriegstagebuch des OKW lautete lediglich:

02.15 Uhr: Die Armeegruppe v. Weichs (ungar. 2. Armee, 4. Pz.Armee und L.V. AK) tritt zum Angriff an („Blau I").

(**Quelle**: *Kriegstagebuch des Oberkommandos der Wehrmacht (Wehrmachtsführungsstab) 1940-1945 (1961 – 1965), Sonderausgabe, Berdard & Graefe Verlag, Bonn, Hrsg. Prof. Dr. Percy Ernst Schramm, erläutert von Prof. Dr. Andreas Hillgruber, Prof. Dr. Walther Hubatsch, Prof. Dr. Hans-Adolf Jacobsen und Prof. Dr. Percy Ernst Schramm, ISBN 3-7637-5933-6, Seite 456*)

Die im April 1942 neu aufgestellte *Infanterie-Division (mot.) Großdeutschland* gehörte zur Heeresgruppe Süd, welche in Heeresgruppe A und Heeresgruppe B geteilt wurde, um zeitgleich gegen den unteren Don und die Wolga beiderseits Stalingrad vorzustoßen.

Die *Infanterie-Division Großdeutschland* war der *24. Panzer-Division* und damit der *4. Panzer-Armee* unterstellt. Befehlshaber war Generaloberst Herman Hoth.

Der Angriff wurde über Stary Oskol und von dort weiter in Richtung Woronesh zum Don geführt.

Die *Infanterie-Division Großdeutschland* stieß mit Teilkräften bis zu 30 km weit in das feindliche Hinterland vor. Hierbei konnte am Fluss Tim eine für den weiteren Vormarsch und späteren Nachschub strategisch äußerst wichtige Brücke und ein Verladebahnhof eingenommen und gehalten werden.

(**Quellen**: *u.a.: Helmuth Spaeter: Die Einsätze der Panzergrenadier-Division „Großdeutschland", ISBN 3-89555-089-2 und Kriegstagebuch des Oberkommandos der Wehrmacht (Wehrmachtsführungsstab) 1940-1945 (1961 – 1965), Sonderausgabe, Berdard & Graefe Verlag, Bonn, Hrsg. Prof. Dr. Percy Ernst Schramm, erläutert von Prof. Dr. Andreas Hillgruber, Prof. Dr. Walther Hubatsch, Prof. Dr. Hans-Adolf Jacobsen und Prof. Dr. Percy Ernst Schramm, ISBN 3-7637-5933-6, Seite 456*)

Bis auf historische Persönlichkeiten sind alle Namen frei erfunden. Jegliche Ähnlichkeiten mit realen Personen wären rein zufällig.

„Vorwärts, Grenadiere!" – Division „Großdeutschland" im Angriff

Seit Tagen rollte der Truppentransport über die Schienen in Richtung Osten. Russland war riesig. Viel größer und weiter, als es sich Unteroffizier Manfred Schmidt in seinen kühnsten Träumen jemals vorgestellt hatte. Zusammen mit sieben Rekruten, vier Einjährigen und drei Gefreiten, saß der frischgebackene Unteroffizier in einem mit Stroh ausgelegten Waggon. Er kaute auf einem Strohhalm herum und betrachtete die unbeschreibliche Weite des Landes.

Ein paar dieser Landser werden wohl zu meiner Gruppe gehören, rauschte durch seinen Kopf.

Zu Beginn der Fahrt war die Stimmung gedämpft. Kaum jemand sprach ein Wort. Jeder saß zurückgezogen auf seinem Platz und beschäftigte sich mit etwas Persönlichem. Briefe wurden zum zwanzigsten Mal gelesen. Fotos wanderten aus den Brusttaschen und mit lächelnden Gesichtern betrachtet, bevor sie wieder in den Feldblusen verstaut wurden. Mit jeder Minute entfernten sich die Landser immer weiter von der Heimat. Jeder zurückgelegte Meter brachte sie näher an die Front. Näher an den Feind und möglicherweise näher an den Tod.

Manfred Schmidt war klar, dass sich das Problem dieser anfänglichen Unsicherheit unter den Soldaten von allein regeln würde. Es war nicht das erste Mal, dass er mit Rekruten zur Front reiste. Nur zu gut konnte er sich an seine eigene erste Fahrt in ein Kampfgebiet erinnern.

Ihm war es genauso ergangen. Sein Gemüt wurde damals ebenso zwischen Euphorie und Betrübtheit hin- und hergerissen, wie das der jungen Männer, die zu seiner Gruppe gehörten.

Da müssen sie selber durch, dachte er sich und hatte Verständnis für alle, die nicht in Feierlaune waren. Schließlich war es für die meisten eine Fahrt ins Ungewisse. *Für manche von ihnen ist es eine Fahrt ohne Wiederkehr*, schoss es durch seinen Kopf, doch dieser Gedanke wurde verdrängt.

Jeder Landser sah zwar seine Kameraden in Gefahr, jedoch nie sich selbst. Dieses *„Warum soll es denn mich treffen?"* – war weit verbreitet und wohl dem eigenen Selbsterhaltungstrieb geschuldet.

Bereits am zweiten Tag der Reise waren die Gemüter aufgetaut. Die Rekruten fingen an, sich angeregt zu unterhalten. Ihr Hauptthema war die Ausbildung. Jeder kannte irgendwelche Anekdoten über Erlebtes oder Zugetragenes und trug die Geschichte im passenden Moment vor. Es wurde herzhaft gelacht und heftig diskutiert. Kummer und Sorgen wurden verdrängt.

Später rätselten die Soldaten, wohin die Fahrt wohl gehen würde, in welchem Frontabschnitt sie denn eingesetzt werden würden, denn das wurde ihnen bisher nicht mitgeteilt. Die Einjährigen gesellten sich schnell zu den Rekruten, ebenso die Gefreiten.

Als Manfred Schmidt schließlich jedem das Duzen anbot, war das Eis vollends gebrochen.

„Kameraden, ich bin der Manni", platzte es ihm mit unverkennbar schwäbischem Akzent heraus.

Er verzichtete bewusst auf den von den Rekruten gewohnten Kasernenton. Erstaunte Blicke. Unsicherheit bei den jungen Soldaten. Manni Schmidt wunderte sich nicht.

Ganz klare Sache, dachte er sich.

Erst vor kurzem steckten die Männer noch im Drillich. Sie sprangen auf Kommando in den Dreck und ein Unteroffizier entschied, ob sie am Sonnabend Ausgang bekamen, oder nicht.

„Lasst euch von den Litzen nicht beeindrucken. Ich war bis zum Abschluss meines Unteroffizierlehrgangs auch nur ein Obergefreiter", lachte er geradlinig heraus.

„Sie meinen, dass …", fing einer Rekruten an.

„Ich sagte doch, ich bin der Manni. Vom Siezen im Feld halte ich nichts. Männer, heute rollen wir noch gemeinsam der Front entgegen, morgen hängt unser Leben voneinander ab. Wenn wir uns künftig gegenseitig den Hintern retten sollen, können wir uns auch duzen. Wir sind doch alles keine Offiziere mit mordsmäßigem Lametta auf den Schultern, oder?"

Die Landser grinsten. Schmidts fröhliche und unkomplizierte Art kam an. Während der nächsten Tage wurde die Langeweile mit Singen, Kartenspielen oder Erzählungen niedergehalten. Als nach einer Woche auch dies alles ausgereizt war, ruhten die Augen auf Manfred Schmidt. Es war soweit. Die Rekruten wollten mehr über ihn und seine Fronterlebnisse wissen.

Der Zug rollte. Die eisernen Räder klackerten mit monotonem Geräusch über die Schwellen. Endlose Weite. Riesige Felder und Wiesen rauschten vorbei.

„Wie man an deinem EK II sehen kann, hast du dich schon an der Front bewährt, Manni. Kannst du uns vielleicht ein paar Grundregeln mitgeben? Ich meine nicht die aus dem Handbuch, sondern die eines Frontsoldaten", fragte einer der Soldaten.

Der Unteroffizier fuhr mit der Hand über die Stoppeln seines kurzgeschorenen schwarzen Haares. „Was wollt ihr hören?"

„Hast du schon mal einen Panzer geknackt?", rief ihm Hubert Schlier, einer der jungen Rekruten, zu.

Schmidt nickte. „Hab´ ich!"

„Lass mal hören", bohrte Ernst Reiser nach.

Der Unteroffizier setzte sich aufrecht hin und nahm den Strohhalm aus dem Mund. Reihum stierten ihn alle Augen an.

„Wir waren auf Spähtrupp. Nachts ...", begann Manni Schmidt zu erzählen.

Wären die Fahrgeräusche des Zuges nicht gewesen, hätte man eine Stecknadel fallen hören können, so andächtig hörten alle zu. Selbst das Klacken der Eisenbahnräder beim Überfahren der Schienenzwischenräume wurde nicht mehr wahrgenommen.

„... dann stand er da. Im Mondlicht hob sich der stählerne Koloss von der Landschaft ab. Bedrohlich und unbesiegbar sah er aus. Das Rohr zeigte in Richtung HKL. Es sah aus wie ein mahnend ausgestreckter Zeigefinger."

„Mein Gott, mach es nicht so spannend", drängte ein anderer Rekrut, der die Spannung nicht mehr ertragen konnte. Reiser stieß ihm leicht in die Rippen. „Sei doch leise!"

„... also kroch ich ran. Die T-Mine in der Hand, bemerkte ich auf einmal, dass die Mannschaft rings um den Panzer lag und pennte. Mein Herz rutschte in die Hose, aber ich hatte keine Wahl. Der Panzer musste geknackt werden, da wir ansonsten genau in sein Feuer laufen würden. Zumindest, wenn sie uns bemerkten. Unser Rückweg lag schließlich im Schussfeld des Panzers."

„Das ist ja Wahnsinn!"

„Ich setzte alles auf eine Karte. Ich wusste, die Kameraden lagen gute dreißig Meter hinter mir und würden notfalls sofort Feuerschutz geben. Mein eigener Karabiner hing am Rücken. Ich hatte mit der Mine in der Hand genug zu tun. Immer näher kroch ich an den Feind, dann hörte ich sie schnarchen. Ich nahm meinen Helm ab. An den Konturen hätten sie mich im Dunkeln erkennen können …", erklärte er, „… und stand auf. Als ob ich einer von ihnen wäre, ging ich auf den Panzer zu. Niemand rührte sich. So weit hinter der HKL hatte wahrscheinlich auch keiner mit Feindberührung gerechnet. Da stand ich nun, zwischen den schlafenden Panzermännern und ihrer Stahlfestung. Jetzt hatte ich wieder ein Problem."

„Welches denn jetzt?", wollte Franz Kleber wissen, der zu den Einjährigen gehörte.

„Sollte ich die Mine am Panzer zünden und weglaufen, oder sollte ich zusätzlich noch 'ne Handgranate in den offenen Turm werfen?"

„Was hast du gemacht?"

Der Schwabe genoss es sichtlich, die Geschichte in die Länge zu ziehen und baute weitere Spannungsmomente ein, bis er endlich beim Kern der Geschichte ankam.

„Ich kletterte auf das Heck des Panzers. Ganz vorsichtig und leise deponierte ich die T-Mine unter dem Turm. Ich zog noch eine Handgranate aus meinem Koppel und schraubte den Verschlussdeckel ab. Fast gleichzeitig riss ich die Zündschnüre von Mine und Handgranate, warf die Handgranate in den Turm und sprang vom Panzer. Durch das Geräusch wurden zwei oder drei Iwans wach. Ihre Köpfe gingen hoch, doch frisch aus dem Tiefschlaf konnten die Russen die Situation nicht schnell genug erfassen. Bis sie wussten was los war, hatte mich die Nacht verschluckt und neben ihnen krachte es gewaltig. Erst die Handgranate, dann die T-Mine. Es muss noch den einen oder anderen Gegner erwischt haben, so heftig knallte es. Ich hörte auch Rufen und Schreie. Wie dem auch sei, der Weg für den Rückmarsch war frei."

„Hast du dafür das EK bekommen?", kam eine Nachfrage.

Schmidts Blick veränderte sich. Er schüttelte den Kopf. „Nein, Kamerad. Das bekam ich für die Erstürmung eines Bunkers. Fünf Kameraden meiner Gruppe ließen dabei ihr Leben!"

Stille im Waggon. Diese Aussage hatte nichts Abenteuerliches an sich. Alle wurden in die Realität zurückgeholt. Es ging an die Front. Sie gehörten zur neu aufgestellten *Infanterie-Division Großdeutschland* und waren stolz darauf.

„Wer von euch hat schon einmal Frontluft geschnuppert?", fragte Manni und fummelte an seiner Brusttasche herum. Er zog eine

Zigarette heraus und ließ sein Sturmfeuerzeug aufbrennen. Der Unteroffizier sog den Rauch der Zigarette tief ein und blickte in die Runde der jungen Soldaten. Er sah zwei Hände, die zögerlich nach oben gingen. Dann meldeten sich noch zwei.

„Vier Landser", sagte er.

„Wir sind aber bestens ausgebildet", konterte Schlier.

„Manni hat Recht, Hubert, wenn die Ari kracht und du im Kugelhagel nach vorn stürmst, wirst du etwas erleben, was du auf keinem Übungsfeld der Welt findest."

„Und was?", fragte der frisch ausgebildete Soldat.

„Den Tod!"

Der Zug ruckelte. Räder quietschten. Das Tempo wurde verlangsamt. Ernst Reiser sah nach draußen. Er drückte die Schiebetür ein Stück weiter auf und beugte sich vor, um mehr sehen zu können. „Wir fahren in eine Ortschaft ein."

„Endlich", stöhnte von hinten jemand. „Ich muss dringend auf die Toilette."

„Die Pause wird uns allen gut tun."

Ruckelnd hielt die Zug schließlich bis zum Stillstand an. Zwei Pfiffe aus der Lokomotive ertönten. Türen wurden geöffnet. Erste Landser sprangen aus ihren Waggons.

„Zwei Stunden Aufenthalt!", brüllte ein Leutnant durch die Reihen.

Hilfswillige rannten herum. Heuwagen waren zu sehen. Das Stroh, auf dem sich die Soldaten ihre Lagerstätten hergerichtet hatten, wurde ausgetauscht.

„Endlich", hatte Josef Sturm, einer der Gefreiten, geschimpft. „Wir haben zu Hause zwar nur zwei Kühe und ein paar Schweine, aber die bekommen öfter frisches Stroh als wir."

„Das ist noch nicht alles, Kameraden. Ich habe noch eine Überraschung entdeckt. Schnell, holt euer Kochgeschirr. Es gibt warme Küche!", rief Kleber den anderen zu.

Schnell wurden die Kochgeschirre geholt. Danach standen die Soldaten in Reih und Glied an. „Es riecht nicht schlecht. Bin mal gespannt, was es gibt."

Kleber war der erste, der vor dem Küchenbullen stand und ihm das Kochgeschirr hinhielt. Seine Augen gingen fast über, als der Essensausgeber ihm eine große Portion Rindfleisch ins Kochgeschirr legte.

„Mensch, das ist ja lecker", schwärmte er. „Rindfleisch mit grünen Bohnen und Kartoffeln."

PA -0-G-Feldküche – Zeit: 1935 – 1945, Privatarchiv des Autors

„Lasst es euch schmecken, Kameraden", freute sich der Hilfskoch, der am Ende der Ausgabestelle stand und zusätzlich Kaltverpflegung ausgab. „Ist für die nächsten drei Tage", sagte er jedes Mal dazu, wenn ein Landser sein Päckchen entgegennahm.

Gegessen wurde dort, wo Platz war. Jeder genoss die erste warme Mahlzeit seit Tagen. Dazu gab es Kaffee oder Tee. Als Kleber und Sturm mit dem Essen fertig waren, betrachteten sie die Kaltverpflegung.

„Scho-ka-Kola, Dauerbrot und Dosenwurst", freute sich Sturm, „uns geht's so richtig gut."

Manfred Schmidt genoss es, sich die Beine zu vertreten. Er ging am Zug entlang und rauchte. Hubert Schlier hatte sich zu ihm gesellt. Als sie am Ende des Zuges angekommen waren, beobachteten sie, wie ein zusätzlicher Waggon angekuppelt wurde. Unter einer olivgrünen Plane war etwas Großes verborgen. Neugierig stierte Hubert auf die Plane.

„Ist das ´ne Flak?", fragte er.

„Sieht fast so aus", bestätigte Schmidt.

Sie entschlossen sich, aus Neugierde nachzufragen. Beide machten ein paar Schritte nach vorn und sprachen einen der Soldaten an, die gerade ihr Marschgepäck auf den soeben neu angekuppelten Waggon warfen.

„Wofür brauchen wir denn die?", deutete der Unteroffizier auf die Falk und grüßte die Kameraden nachträglich mit einem freundlichen „Servus", zusammen.

„Die Flak?", fragte einer der Bedienmannschaft.

Schmidt nickte.

„Für den Iwan. Ab jetzt fahrt ihr in Reichweite seiner Luftwaffe", erklärte der Obergefreite. „Wenn wir Glück haben, sehen wir keinen der roten Sterne am Himmel, mit ein bisschen Pech greifen nur ein paar kleinere Jagdflieger an und wenn wir ganz großes Pech haben, bekommen wir es mit der PO-2, oder Nähmaschine, wie wir sie nennen, zu tun. Der Iwan hat ein Modell dieser Flugzeugreihe zum Schlachtflugzeug umgebaut. Vor denen haben wir Respekt."

„Dann möchte ich hoffen, dass ihr gute Schützen seid", versuchte Manfred Schmidt zu scherzen.

„Aufsitzen!", drang eine kräftige Stimme bis zum letzten Waggon durch.

„Wir haben jetzt schon gute achtzehnhundert Kilometer zurückgelegt. Wie weit wird es denn noch sein?", wollte Hubert wissen.

Er und Manni hatten kehrt gemacht und eilten mit schnellen Schritten zu ihrem Waggon zurück.

„Ich habe mein Rindfleisch neben ein paar Offizieren gegessen", klärte ihn der Unteroffizier auf, „die haben gesagt, dass wir ostwärts der Ortschaft Schtschigry einquartiert werden. Kursk ist die nächst größere Stadt."

„Und wie weit ist es bis dorthin?"

Sie waren bei ihrem Waggon angekommen und stiegen ein.

„Gute zweihundertfünfzig Kilometer. Deshalb haben wir auch für drei Tage Kaltverpflegung bekommen", hakte sich Reiser ein, der den letzten Teil des Gesprächs mitbekommen hatte.

Die Landser griffen nach dem frischen Stroh und richteten sich erneut ihre seit der Abfahrt gewohnten Plätze her. Der Zug ruckelte an. Jemand plärrte laut: „Halt, da fehlt noch ein Mann!"

Eine zweite Stimme übertönte den ersten Ruf: „Halt! Sofort anhalten!"

Schnell sprang jeder von seinem Platz auf. Die Schiebetür am Waggon stand noch offen. Überall wurden Köpfe herausgestreckt.

„Siehst du was?", fragte Reiser, der die schlechteste Position erwischt hatte.

„Nein", antworteten gleich zwei oder drei Kameraden.

„Doch", plärrte Hubert schnell, „dort hinten, seht nur", fügte er hinzu und deutete mit der Hand nach draußen.

Hinter einer Böschung kam ein junger Landser hervor. Er hielt seine Hose mit den Händen fest, während er so schnell rannte, wie er nur konnte. Anfeuerungsrufe wurden laut. Der Soldat befand sich inzwischen auf den Schienen und hetzte dem Zug hinterher. Als er den letzten Waggon erreicht hatte, hielt er sich mit beiden Händen fest und sprang auf. Seine Hose rutschte herunter und die Landser, die das Spektakel beobachteten, begannen laut zu lachen. Erst mit Hilfe der Flakbesatzung, gelang es ihm schließlich, ganz in den Waggon zu klettern und seine Hose wieder hoch zu ziehen.

„Armer Bursche", bemitleidete Unteroffizier Schmidt den Rekruten. „Er wird für die nächsten Wochen das Gespött seines Zuges sein."

Ruhe kehrte ein. Das monotone Klacken war wieder zu hören. Die Landser lagen auf dem frischen Stroh und fühlten sich nach der warmen Mahlzeit sichtlich wohl. Nach und nach kehrte die gewohnte Reisemonotonie wieder ein.

Es war kurz nach Mitternacht, als der Zug zwei Tage später an seinem Bestimmungsort ankam. Diesmal hatte der Truppentransport Glück. Kein russischer Jagd- oder Schlachtflieger hatte angegriffen. Die Fahrt war reibungslos verlaufen.

„Das lief bislang fast zu glatt", meinte Manni Schmidt und löste damit eine Diskussion aus.

„Wenn wir bis jetzt Glück hatten, haben wir es auch weiterhin", meinte einer seiner Kameraden, während ein anderer heftig den Kopf schüttelte. „Eben nicht! Jeder hat nur eine bestimmte Menge an Glück zur Verfügung. Sobald alles aufgebraucht ist, tritt er von einem Fettnäpfchen ins nächste!"

„So ein Quatsch", mischte sich Josef Sturm ein, „dann müssten wir während der Bahnfahrt unser gemeinsames Glück zusammengeworfen haben. Schließlich bist du ja nicht allein gefahren."

Der Zug rollte langsam in den Bahnhof ein. „Hört mit dem unsinnigen Gequatschte auf", forderte Manni und packte seine Sachen zusammen. „Wir sind am Ziel. Die Kettenhunde lauern schon."

Feldgendarmen standen am Bahnsteig. Ihre aluminiumfarbenen Ringkragen glänzten in den hellen Laternenlichtern, die entlang des Bahnsteigs aufgestellt waren.

„Gott sei Dank. Ich dachte schon, die Fahrt würde niemals enden", freute sich Hubert Schlier.

„Was ist eigentlich, wenn wir mal eine Woche Urlaub haben? Wie soll das mit dem Heimfahren funktionieren?"

„Ganz einfach, du fährst bis zur Hälfte der Strecke in Richtung Heimat, dann steigst du um und fährst wieder zurück", ulkte Schmidt.

„Manni, das kann doch nicht dein Ernst sein", erschrak Hubert und sah den Schwaben mit entsetztem Blick an.

Kleber klopfte ihm auf die Schulter. „Jetzt hat dich Manni ganz schön gerollt, Hubert. Mach´ dir keine Sorgen. Das mit dem Urlaub ist schon so geregelt."

Mit lautem Quietschen und starkem Ruckeln hielt der Zug an. Die Dampflok stieß den gewohnten Pfiff aus. Kommandos wurden gerufen. Nach und nach leerten sich die Waggons.

„III. Bataillon hier angetreten!", wurde regelrecht geschmettert. Es war die gewaltige Stimme eines Oberfeldwebels, die über den Bahnsteig tönte. Neben ihm stand ein Major. Offensichtlich wiederholte der Oberfeldwebel die Befehle des Offiziers.

Die Landser des *Infanterie-Regiments G.D. 2* schulterten ihr Marschgepäck. Unteroffizier Schmidt ging voran, Schlier, Reiser, Kleber und Sturm folgten. Sie gehörten alle zum *III. Bataillon*. Nachdem niemand mehr in den Waggons war, bemerkten die Neuankömmlinge, dass die Feldgendarmen die leeren Wagen kontrollierten.

„Die wollen wohl sicher gehen, dass keiner Heimweh bekommen hat und sich unterm Stroh versteckt", murmelte Josef Sturm.

„Komm mit! Gehen wir lieber zügig zu dem Oberfeldwebel rüber. Der hört sich so an, als ob nicht gut Kirschen mit ihm zu essen ist, wenn man trödelt", bekamen es die jungen Landser mit der Angst zu tun.

Schmidt blieb vor dem Major stehen. Ein schneller Blick über seine Schulter, seine Männer standen hinter ihm. Er schlug die Haken zusammen. „Unteroffizier Manfred Schmidt meldet sich mit vier Kameraden zum Dienst!"

Der Major sah den Gruppenführer kurz an und tippte mit dem rechten Zeigefinger salopp an die Schirmmütze. Der Oberfeldwebel warf einen Blick auf seine Liste. „Unteroffizier Schmidt. Wunderbar Sie zu sehen. Wen haben Sie denn dabei?"

Marschbefehle und Soldbücher wurden geprüft und danach die Namen der Neuankömmlinge auf der Liste abgehakt. „Ihr hattet Glück", erwähnte der Oberfeldwebel fast belanglos.

„Inwiefern?"

„Die beiden Transporte vor euch wurden von *Nähmaschinen* angegriffen. Vom ersten Regiment liegen bereits jetzt schon fast zwanzig Männer im Lazarett."

Jetzt wusste Manfred Schmidt, dass er wieder an der Front war. Als der letzte Name auf der Liste abgehakt war, mussten die Soldaten vor dem Bahnhofsgelände antreten. Der Major trat nach vorn und stellte sich als Bataillonsführer vor.

„Ich bin Major Hoßwein, der Bataillonskommandeur. Normalerweise hätte ich Sie von meinem Adjutanten, Oberleutnant Schweblein, abholen lassen, aber die Umstände wollten es, dass ich selbst hierher gekommen bin. Wie dem auch sei, ich begrüße Sie beim *III. Bataillon des Infanterie-Regiments Großdeutschland 2*. Sie alle sind auserwählt worden in dieser Einheit zu dienen, weil sie zu den besten Soldaten des deutschen Reiches gehören."

Es folgten die üblichen Worte bezüglich Dienstauffassung, Beachtung der Vorschriften und Disziplin. Manfred Schmidt war müde und von der Reise erschöpft. Er langweilte sich und hoffte auf ein schnelles Ende der Rede. Dann hörte er etwas Erfreuliches.

„… und weil wir dem Idealbild des deutschen Soldaten entsprechen, bin ich der Meinung, dass wir auch ein Anrecht darauf haben, ebenso verpflegt zu werden. Der Verpflegungstross ist von mir angewiesen, nach Möglichkeit immer eine hochwertige Mahlzeit auszugeben. Keine Suppe ohne Fleisch! Zudem ist es mein Ziel, Marketenderware so schnell und so umfangreich auszugeben, wie es nur irgend möglich ist. Wer Vieles erwartet, muss auch bereit sein, Vieles zu geben! Danke meine Herren", schloss der Offizier seine Rede. Der Major wandte sich dem Oberfeldwebel zu. „Lassen Sie aufsitzen, Huber. Wir verlegen zu unseren Unterkünften."

Mit mehreren Opel-Blitz Lastwagen ging es weiter. Zum wiederholten Mal befand Manfred Schmidt seine Entscheidung, sich freiwillig zur *Infanterie-Division Großdeutschland* gemeldet zu haben, für richtig.

„Ich glaube …", lachte er und zündete sich eine Zigarette an, „… dass es eine kluge Entscheidung war, hierher zu kommen. Wir sind eine motorisierte Einheit, was wiederum bedeutet, wir müssen ganz wenig marschieren."

„Ich verlasse mich ganz auf dich, Manni", war der einzige Kommentar, den er erhielt.

Schweigend, wie am ersten Tag im Waggon, saßen die Landser auf der Ladefläche des Lkw. Die Straßen waren holprig und staubig. Die Fahrer hatten Tarnbeleuchtung angeschaltet und fuhren entsprechend langsam. Erst nach weiteren zwei Stunden Fahrt, kamen sie an ihrem Zielort an. Die Kompanie war nächst einem Dorf, mitten in der weiten russischen Landschaft, in Stellung gegangen.

Vom Fahrer des Lastwagens hatte Unteroffizier Schmidt erfahren, dass sie wohl für längere Zeit als Gruppe zusammenbleiben würden. Bisher wurde zumindest so verfahren.

„Der Alte …", so nannte der Lkw-Fahrer Major Hoßwein, „… hält viel von Kameradschaft. Er sagte mal zu Oberfeldwebel Huber, unserem Spieß, dass die Ausbildung auf dem Truppenübungsplatz und dann die lange Zugfahrt zur Front die Männer bereits zusammenschweißt."

Manni war es ganz recht. Die Kameraden waren in Ordnung. *Alles feine Kerle,* dachte er sich.

Der Lastwagenfahrer war ein waschechter Münchner und sympathischer Kerl. Zudem wusste er scheinbar alles über die Einheit. „Ein paar Leute sind meine guten Kumpels. Wir reden viel beim Kartenspielen. Daher weiß ich auch ein paar Dinge", grinste er.

Nachdem Manni erzählt hatte, zu welcher Einheit er gehörte, erfuhr er, dass außer den vier Landsern, die der Unteroffizier im Waggon kennengelernt hatte, noch weitere fünf Soldaten zu seiner Gruppe gehörten. Allesamt junge Männer, bis auf Georg Hott. Georg war Obergefreiter und wie Schmidt selbst, schon von Anfang an dabei.

„Hier sind wir."

Der Lastwagen hielt an, die Landser sprangen von der Ladefläche.

„Drüben ist Hott einquartiert, ihr wohnt aber hier drin", sagte der Münchner und deutete auf ein Haus, in dessen Fenster eine Kerze leuchtete. Die Gruppe Schmidt war auf zwei Bauernhäuser verteilt. Hotts Haus war von den ursprünglichen Bewohnern verlassen, während in Schmidts zugewiesenem Quartier noch eine alte Bäuerin lebte. Sie war wach und hatte auf dem alten Herd heißes Wasser stehen, als Unteroffizier Schmidt kurz vor Sonnenaufgang klopfte. Kleber, der aus Pommern stammte, konnte russisch. Er drängte sich nach vorn, als die Tür des alten Holzhauses geöffnet wurde und sprach die Bäuerin in ihrer Landessprache an. „Mütterchen, es tut uns leid, aber du musst dein Haus mit uns teilen. Wir sind hier einquartiert worden."

PA -0-G-Russland – Unterkunft/Dorf – Zeit: 1935 – 1945, Privatarchiv des Autors

„Ich habe auf euch gewartet. Kommt herein! Es gibt Tee für euch", war ihr einziger Kommentar.

Das verrunzelte Gesicht der Alten blieb ausdruckslos. Sie trug ein langes Kleid, darüber eine Schürze und ein Kopftuch. Die Hände der Bäuerin sahen abgearbeitet aus. Sie stand am Eingang und musterte nacheinander die jungen Männer, die ihr Haus betraten.

„Ich schlafe in der kleinen Kammer. Zwei von euch können hier in der Stube schlafen, die anderen haben auf dem Dachboden Platz. Wem das zu eng ist, der kann in die Scheune ausweichen und bei der letzten Kuh schlafen, die sie mir noch gelassen haben. Der Rest wurde mir weggenommen."

„Das tut mir leid", kam es aufrichtig über Klebers Lippen. „Wir können nichts dafür, dass …"

„Es war die Rote Armee, nicht ihr Faschisten."

Diese Höflichkeit war eine Ausnahme. Das wusste Schmidt. Er kannte auch andere Situationen.

Der Krieg lässt die Menschlichkeit in uns sterben, fuhr durch seine Gedanken.

Sowohl die Rote Armee als auch die deutschen Truppen, nahmen in der Regel wenig Rücksicht auf die zivile Bevölkerung. Vieh und landwirtschaftliche Erzeugnisse wurden für die Soldaten gnadenlos requiriert.

(Anmerkung: Das Nazi-Regime entwickelte die Strategie des sog. Hungerplans, bei dem die Wehrmacht in den besetzten Gebieten produzierte Lebensmittel sowohl für sich als auch für das Deutsche Reich verwendete. Der Hungertod der russischen Zivilbevölkerung wurde hierbei billigend in Kauf genommen.)

PA -0-G-russische Dorfbewohner – Zeit: 1935 – 1945, Privatarchiv des Autors

Kleber übersetzte. Jeder der Gruppe grüßte die alte Bäuerin höflich. Die Einrichtung war karg. Ein Tisch. Links und rechts davon eine Bank ohne Lehne. An den Enden jeweils ein Stuhl. Ein Schrank und ein Regal mit Tellern und Tassen. Im Herd brannte Feuer und sorgte für eine angenehme Wärme. Obwohl es Anfang Juni war, waren die Nächte noch relativ kühl. Die Wärme des Ofens tat gut. Manni sah im hintersten Eck des Raumes zwei Betten. Eigentlich waren es eher Bretterverschläge, die mit Stroh gefüllt waren und über die jeweils eine Decke ausgebreitet worden war. Ein Vorhang diente als Raumteiler. Der Russin entging nicht, dass Manni auf die Bilder starrte, die über den Betten an der Wand hingen. An einem befand sich ein schwarzes Trauerband am unteren rechten Winkel.

„Sag ihm, dass das meine Söhne sind. Ilja ist tot. Er hielt es in Stalins Armee nicht aus und lief weg. Sie haben ihn hier gefunden und erschossen. Wanja, mein Jüngster, ist Soldat in der Roten Armee. Stalin hat mir bereits einen Sohn genommen. Ich hoffe, er gibt mir den zweiten zurück."

„Und dein Mann?", fragte Kleber nach.

„Er ist schon lange tot. Ein Unfall im Wald", begann die Russin zu erzählen. Danach berichtete sie, wie sie mit ihren beiden Söhnen allein den Hof bewirtschaftete und ließ kein Detail aus. Kleber übersetzte alles, so gut er konnte.

„Wo hast du eigentlich russisch gelernt?", fragte Hubert Schlier seinen Kameraden neugierig.

„Auf unserem Gut in Pommern lebten auch ein paar Russen. Sie arbeiteten als Pferdeburschen bei uns und da ich mich als Junge immer im Stall bei den Pferden herumtrieb, blieb es nicht aus, dass ich russisch lernte."

Manni packte seinen Rucksack aus. „Viel habe ich nicht mehr übrig, aber das hier soll sie in ihre Vorratskammer stellen."

Nach und nach folgten alle dem Beispiel des Unteroffiziers. Nach wenigen Minuten standen ein paar Konservendosen mit Wurst, etwas Dauerbrot und zwei Dosen mit Scho-ka-Kola auf dem Tisch.

Die Russin, die sich mit *Babuschka* ansprechen ließ, packte die Vorräte mit breitem Grinsen zusammen.

Es klopfte. Josef Sturm öffnete die Tür. Obergefreiter Hott stand in der Tür. „Ich suche Unteroffizier Schmidt", begann er, wurde jedoch unterbrochen.

„Sag Manni zu mir", grinste der Schwabe und ging zur Tür.

Hott nickte und streckte seine Hand aus. „Erst mal willkommen, soweit ich das sagen darf. Wir sind auch erst seit gestern hier."

„Bist du so früh aufgestanden, um mich kennen zu lernen?"

„Natürlich nicht. Ich weiß, dass ihr hundemüde seid. Ging uns genauso." Er machte eine kurze Pause. „Ich wollte nur sagen, dass Hauptmann Bergmeister um zwölf Uhr antreten lässt. Er erwartet militärische Korrektheit. Das war sein Originalton!"

„Dann haben wir ja noch ein wenig Zeit."

„Wir fahren um 11.15 Uhr ab. Das Antreten findet im Nachbardorf statt."

„Die Kompanie ist ja ganz schön auseinander gezogen", stellte Schmidt fest.

Hott nickte. „Also bis 11.15 Uhr", verabschiedete er sich und schloss die Tür, ohne auf Schmidts letzte Feststellung näher einzugehen.

„Achtung!", donnerte die Stimme des Kompaniefeldwebels.

Die Kompanie war im Karree angetreten und stand auf Kommando stramm. Hauptmann Bergmeister stellte sich und die Zugführer kurz vor. Er sprach damit diejenigen an, die wie Manfred Schmidt neu hinzugestoßen sind. Der Offizier ging, gefolgt vom Spieß, durch die Reihen und sprach vornehmlich mit den Soldaten, die er noch nicht kannte. Anschließend wurde durch die Gruppenführer die persönliche Ausrüstung überprüft. Waffen und Munition wurden ausgegeben, ein vorläufiger Dienstplan mitgeteilt. Danach gab es aus der Feldküche warme Erbsensuppe mit Speckeinlage. Für später wurde Kaltverpflegung ausgeteilt.

Für die nächsten vierzehn Tage standen Übungen an der Tagesordnung. Stets der gleiche Trott. Schießen, Marschieren, Feldübungen, Waffenreinigen und Gerät-Instandsetzen. Als Glücksgriff erwies sich die Unterkunft bei Babuschka. Sie umsorgte die Halbgruppe von Schmidt, als wären es ihre eigenen Söhne. Die Landser gaben ihre erhaltene Verpflegung ab und Babuschka bereitete Frühstück und Abendessen zu. Mittags erhielten die Soldaten ihre Verpflegung aus der Feldküche.

Die alte Russin machte die Betten, wusch die schmutzige Kleidung und wenn sie in einem Socken ein Loch sah, war es bis zum Abend gestopft.

Während sich Manfred Schmidt sichtlich wohl fühlte, begannen die ersten jungen Landser zu murren. Der Soldatenalltag zerrte an den Nerven. Sie hatten sich den Einsatz an der Front etwas anders vorgestellt.

Als endlich die Parole verbreitet wurde, dass ihr erster Fronteinsatz unmittelbar bevor stand, schlug die Stimmung um. Aus angehender Lethargie wurde Euphorie. Es ging an die HKL. Sie konnten sich endlich beweisen. Eine eiligst einberufene Besprechung der Unteroffiziere trieb das Spannungsthermometer in die Höhe. Gespannt wartete Schmidts Gruppe auf dessen Rückkehr.

„Manni kommt zurück!"

„Na endlich", pustete Schlier aus.

P.A -0-G-Russland – Unterkunft – Zeit: 1935 – 1945, Privatarchiv des Autors

Der Unteroffizier wurde schon sehnsüchtig erwartet. Alle waren da. Auch Hott und die zweite Hälfte der Gruppe hatte sich in Babuschkas Haus versammelt.

Schmidt wartete nicht lange. Er setzte sich an den Tisch und betrachtete seine Männer mit erstem Blick.

„Erzähl schon, Manni. Wann geht's los?"

„Ihr könnt packen. Wir werden erst einmal für vier Tage die vordersten Stellungen besetzen und die Kameraden vom I. Bataillon herauslösen."

„Ich sehe dir an der Nasenspitze an, dass das nicht alles ist", stieß Hott hervor. Er kannte sich aus.

„Man merkt, dass du ein alter Hase bist", antwortete der Gruppenführer, „Wir haben insoweit Glück, dass wir neben dem schweren Zug liegen. Das bedeutet, falls es losgehen sollte, haben wir kräftige Unterstützung."

„Komm schon, Manni. Raus mit der Sprache", hakte Hott nach.

„Wir sind vom Grabendienst befreit. Der ganze Zug", setzte der Unteroffizier nach.

„Das kann nichts Gutes heißen", knirschte der Obergefreite hervor.

„Spähtrupps an drei Stellen. Wir werden je nach Erfolg mindestens einmal, wenn wir Pech haben, drei- oder viermal raus gehen."

„Spähtrupp? Du meinst, wir sollen …"

Hott beendete den von Schlier angefangenen Satz. „… nachts zu den Russen rüber, ein Lagebild erkunden und nach Möglichkeit Gefangene machen."

„Richtig! Abmarsch bei Anbruch der Dunkelheit. Der Spähtrupp ist für Mitternacht anberaumt."

Pünktlich war die Gruppe Schmidt fertig, wurde abgeholt und verlegte mit der restlichen Kompanie zur drei Kilometer entfernten HKL. Als die Stellungen erreicht wurden, begann die schleichende Ablösung des I. Bataillons. Für Manfred Schmidt rückte die Zeit seines ersten Einsatzes als Unteroffizier immer näher. Er stand etwas abseits der Gruppe und rauchte nervös die dritte Zigarette innerhalb kürzester Zeit. Die Gesichter seiner Kameraden wirkten ebenso angespannt wie einsatzfreudig. Kleber, Hott und Sturm wussten, was auf sie zukam. Diese drei hatten schon Feinderfahrung gesammelt.

Wie werden die anderen reagieren? Die Gedanken des Unteroffiziers kreisten immer wieder um das gleiche Thema. *Wer wird im Ernstfall seinen Mann stehen, wer könnte zusammenklappen?*

Hott kam und setzte sich neben den Unteroffizier. „Was denkst du?", fragte er ohne Umschweife.

„Ob sie es durchstehen."

„Dachte ich mir´s doch. Du machst dir zu viel Gedanken. Als du noch Obergefreiter warst, hast du dir da auch den Kopf zerbrochen?"

„Vor einem Einsatz?", Manfred Schmidt sah fragend in Hotts Augen und schüttelte den Kopf. „Nein! Ich habe den jungen Kameraden gesagt, sie sollen dicht bei mir bleiben und einfach das tun, was ich mache."

„Siehst du", beruhigte ihn sein Kamerad, „warum soll es heute anders sein als damals?"

„Weil ich jetzt für die Männer verantwortlich bin. Ich muss dem Leutnant über jeden verwundeten und gefallenen Kameraden Bericht erstatten. Er gibt es weiter, bis irgendwann ein Trauerbrief im Reich eintrudelt und eine Mutter oder eine Ehefrau ihn öffnen muss. Das macht mir Angst."

„Klarer Fall von zu viel denken. Pass mal auf, Manni. Die Kameraden werden genau das tun, was alle jungen Soldaten machen. Sie halten sich an die Alten und Erfahrenen. Und jetzt schau auf die Uhr. Es geht bald los."

PA -0-G- Spähtrupp – Zeit: 1935 – 1945, Privatarchiv des Autors

Es war soweit. Die Landser standen mit geschwärzten Gesichtern für ihren ersten Fronteinsatz bereit. An den Helmen steckten zur Tarnung kleinere Zweige und Äste. Manni Schmidt kontrollierte ein letztes Mal seine Maschinenpistole und die Ersatzmagazine. Sein Auftrag war eindeutig. Auf Höhe der Stellung des sMG sollte er mit seiner Gruppe ins Niemandsland vordringen, durch die Linien sickern, das zwei Kilometer entfernte Waldstück umgehen und das dahinter liegende Dorf auskundschaften.

„Warum sollen wir das Waldstück umgehen?", wollte Reiser wissen.

„Dort sitzt der Iwan mit ein oder zwei Paks und mindestens einem Zug Rotarmisten."

Reiser schluckte. Deutlich wanderte sein Adamsapfel auf und ab. „Alles klar."

„Wenn wir es bis zum Dorf schaffen, sollen wir vor allem herausfinden, ob dort Panzer stationiert sind. Unsere Luftaufklärer konnten das nicht erkennen. Entweder sind sie gut getarnt, oder nicht vorhanden."

„Das ganze riecht nach Offensive", stellte Hott fest.

Schmidt nickte. „Genau meine Meinung. Die große Sommeroffensive steht vor der Tür und wir sollen herausfinden, wo beim Feind die Lücken sind."

„Worauf warten wir eigentlich noch?" grinste Hott. Er wollte mit dieser gespielten Lockerheit die Angst nehmen, die deutlich in den Gesichtern der jungen Landser stand. Innerlich hingegen, war der Soldat angespannt.

„Auf einen Pionier und den Nachrichtenmann. Beide sollen uns begleiten", konterte der Schwabe.

„Hat das der Zugführer angeordnet?"

Unteroffizier Schmidt nickte. „Leutnant Zoller möchte, dass in jeder der drei Gruppen ein Nachrichtenmann mitgeht. Den Pionier werden wir dringend brauchen, falls wir eines unserer Minenfelder durchqueren müssen, bzw. ihn für andere Tätigkeiten benötigen, für die er ausgebildet wurde. Zoller denkt an alles."

Zwei Soldaten kamen auf die Gruppe zu und grüßten. „Gruppe Schmidt?"

„Ja", kam die kurze Antwort.

Sowohl der Pionier als auch der Nachrichtenmann blieben beim Unteroffizier stehen. Bevor sie etwas sagen konnten, meinte der Gruppenführer: „Wie es aussieht, sind wir jetzt komplett", dabei musterte er den Nachrichter und dessen Ausrüstung. „Hast du nur die Dorette dabei?"

„Die Tornister sind alle im Einsatz oder defekt. Heute Nacht geht es an der ganzen Frontlinie rund", begründete der Soldat das ausschließliche Mitführen des kleinen Funkgeräts. „Ich hoffe, es reicht."

„Wenn wir nichts anderes haben, muss es genügen", befand Schmidt.

Der Schwabe warf noch einmal einen letzten Blick auf die Karte, dann hob er die Hand und gab das Zeichen zum Aufbruch. In Schützenreihe marschierten sie los. Anfangs noch aufrecht und relativ unvorsichtig. Als sie jedoch an der Stellung des sMG ankamen und das Niemandsland vor ihnen lag, änderte sich das schlagartig. Stille kehrte ein. Manni

Schmidt sprach den Schützen I vom MG-Nest an. „Wisst ihr, wo genau der Russe sitzt?"

„Hin und wieder sehen wir ein paar Rotarmisten in den Wald laufen. Wir jagen dann einen Feuerstoß hinüber. Ansonsten ist es ruhig."

„Aber ein vorgeschobener Posten von uns liegt noch hundertfünfzig Meter weiter vorgesetzt. Vielleicht weiß der mehr. Ihr könnt den Laufgraben benutzen", fiel der Schütze II ins Gespräch mit ein.

„Scharfschützen?", fragte der Unteroffizier vorsichtshalber nach.

„Mal ja, mal nein. Ich glaube, der Iwan setzt sie nach Lust und Laune ein. Ich würde meine Birne jedenfalls einziehen."

„Danke, Kameraden."

„Viel Glück."

Der Mond stand als schmale Sichel am Himmel und wurde hin und wieder von einer kleinen vorbeiziehenden Wolke verdeckt. Schmidt war froh, dass er den Laufgraben benutzen konnte. Das gab Sicherheit.

Bis zum letzten Vorposten ging es im Laufschritt voran. Geduckt eilten sie durch den Graben. Als die Gruppe beim Vorposten ankam, stellte der Unteroffizier die gleichen Fragen wie kurz zuvor und bekam dieselben Antworten. Alles unbefriedigend.

Der Gruppenführer zog sein Fernglas noch oben und setzte es an. Langsam schwenkte er von links nach rechts und zurück. Nichts. Schmidt suchte Blickkontakt zu seinen Leuten, hob seine rechte Hand und zeigte wortlos an, dass es weiterging.

Landser für Landser verließ den sicheren Graben. Sie befanden sich jetzt im Niemandsland. Die Konturen des kleinen Wäldchens waren schemenhaft im Dunklen zu erkennen. In einem weiten Bogen umging der Spähtrupp dieses vom Feind besetzte Teilstück. Geduckt, hoffend, dass seine Gruppe von der Dunkelheit vollkommen geschluckt wurde, drang der Unteroffizier immer tiefer ins feindliche Gebiet vor. Das Gelände war weitgehend flach. Hin und wieder ragten Buschreihen oder ein paar einzelne Bäume aus der Erde. Schmidt umging auch solche Anziehungspunkte. Sie boten nicht nur ihm, sondern auch dem Feind Deckung. Hinter jedem solcher Büsche konnte ein Vorposten oder Scharfschütze lauern.

Kein Feindkontakt, sonst ist der Auftrag nicht mehr durchführbar und wir müssen morgen noch einmal raus, durchfuhr es ihn.

Nach ungefähr zwei Kilometern änderte sich die Geländestruktur. Es wurde wellenförmig. Leichte Senken boten ausreichend Deckung.

Die Höhen wurden kriechend überwunden. Der Unteroffizier war bislang sehr zufrieden. Bis auf wenige unvermeidbare Klappergeräusche, rückte der Spähtrupp lautlos vor.

Wieder wurde eine der Senken durchquert, die Anhöhe erreicht. Kurz bevor sie ganz oben waren, ließ Schmidt halten und abducken. Er selbst kroch bäuchlings das letzte Stück nach oben und beobachtete die andere Seite. Er drehte sich um und winkte seine Kameraden zu sich. Nach und nach schlichen die Landser die Anhöhe hinauf und blieben am Kamm liegen.

„Die Straße zum Dorf", flüsterte Manfred Schmidt seinem Nachbarn zu. „Um diese Zeit dürften keine Russen unterwegs sein. Wir folgen der Straße. Abstand bedeutet Sicherheit, geht also nicht zu dicht."

Kleber nickte und gab die Anweisung an den Nebenmann weiter. Es ging weiter. Immer wieder blickten die Landser zur Straße. Kein Feind in Sicht. Kein Transport rollte zur Front oder zurück. Sie folgten etwas abseits parallel dem Straßenverlauf. Nervöse Blicke gingen immer wieder zur Armbanduhr. Die Zeit drängte. Endlich tauchte das Dorf auf. In einem Abstand von etwa fünfzig Metern zum ersten Haus legten sich die deutschen Soldaten ins kniehohe Gras.

„Während rund um das Dorf von Babuschka anscheinend vorwiegend Weizen und Gerste angebaut wird, ist hier alles Weideland", stellte Kleber fest.

Hott sah ihn an und hob den Zeigefinger vor den Mund. Kleber sollte ruhig sein. Manni legte die MP ins Gras, kniete sich hin und beobachtete durch das Fernglas Haus für Haus, sowie Scheune für Scheune. „Von hier aus kann man nichts erkennen. Ich muss näher ran, zwei von euch gehen an der rechten Flanke weitläufig um die Ortschaft herum und sehen auf der anderen Seite nach. Ich finde, es ist verdächtig ruhig hier."

Hott deutete mit einem Finger auf Sturm. „Du gehst mit Manni vor und gibst ihm bei Bedarf Deckung. Ich gehe um das Dorf herum. Wer kommt mit?"

Höllerich, der mit Hott im anderen Haus untergebracht war, meldete sich. Manni nickte zustimmend, nahm seine MP wieder auf und kroch auf allen Vieren auf das Dorf zu. Sturm folgte ihm in sehr kurzem Abstand. Das Ende der Weide war erreicht. Zum schiefen Bretterzaun des ersten Hauses war es nicht mehr weit. Schmidt schätzte die Entfernung auf weniger als zehn Meter. Gerade wollte er das schützende halbhohe Gras verlassen, als ein Streichholz aufglimmte. Ein Rotarmist zündete sich eine Zigarette an. Beim ersten Zug legte die Glut das Gesicht für einen Moment in orangerotes Licht. Sofort ging der Unteroffizier runter und suchte wieder Deckung im Gras. Er kroch an den Rand der Weide, schob ein paar Grashalme zur Seite und sah durch das Fernglas. Der rauchende Rotarmist war nicht allein.

„Mindestens zwei", flüsterte er.

Wortfetzen drangen herüber. Lachen.

Kein Argwohn, das ist gut.

Im Hintergrund stand eine Pak. Das Rohr ragte gut sichtbar aus einem Strohhaufen heraus. Zwanzig Meter weiter erkannte Schmidt die Umrisse eines Panzers. Er senkte das Fernglas.

„Eine Pak und ein Panzer. Zwei Mann als Wachen."

Der Unteroffizier gab mit der Hand ein Zeichen und kroch voran. Wie gehabt, folgte ihm Josef Sturm. Sie näherten sich dem Nachbarhaus. Ein Hund schlug an. Einsam verhallte sein Bellen in der Nacht. Eine verschlafene Stimme aus dem Dunkel schimpfte. Der Hund verstummte. Manfred Schmidt zog sich zurück.

„Gehen wir zurück. Wenn wir wissen, was Hott für Erkenntnisse mitbringt, entscheiden wir, wie wir vorgehen."

Sturm nickte. Langsam krochen sie wieder nach hinten weg. Zwanzig Minuten später kehrten Höllerich und Hott ebenfalls zum Ausgangspunkt zurück. Sofort suchten beide ihren Gruppenführer.

„Das Dorf ist besetzt. Auf der anderen Seite befindet sich ein ausgedehnter Obstgartenhain. Überall sind Tarnnetze gespannt. Mindestens zehn T 34 stehen dort herum", meldete Hott.

„Vorn bei uns stehen zwei Mann Wache. Daneben befindet sich eine Pak, ein Stück weiter ein Panzer. Alles bestens getarnt."

„Reicht das oder müssen wir noch mehr erkunden?", wollte Reiser wissen, der sich sichtlich unwohl fühlte.

„Ein Gefangener wäre nicht schlecht", meinte Schmidt und sah dabei Georg Hott an.

„Kommen wir an die beiden Wachposten ungesehen ran?", wollte der Obergefreite sofort wissen.

„Schlecht. Wir müssten mindestens zehn bis fünfzehn Meter ohne jegliche Deckung überwinden."

„Wir könnten warten, ob einer zum Austreten geht oder …", schlug Höllerich vor.

„… oder von hinten kommen", mischte sich Kleber in das Gespräch mit ein.

„Wie meinst du das, Franz?"

Kleber kroch näher zu Schmidt.

„Links und rechts von dem Haus, bei dem sich die Wachen befinden, pennt doch alles. Ich könnte mit noch einem Mann um den Bauernhof herumgehen und dann russisch lallend zu ihnen hin torkeln."

„Das ist zu gefährlich", lehnte der Gruppenführer den Vorschlag ab. „Wenn sie dich entlarven, ist hier binnen kürzester Zeit die Hölle los. Ich möchte alle Männer wieder heil zurückbringen."

„Aber machbar", fuhr Hott dazwischen. „Lieber heute ein größeres Risiko eingehen, als morgen Nacht noch einmal raus zu müssen."

Schmidt überlegte. „Verdammt noch mal. Das stimmt auch wieder."

„Ich gehe mit Kleber", bot Hott an.

„Vergiss es! Ich gehe mit Kleber und falls es schief geht, bringst du die Kameraden zurück."

„Du bist der Gruppenführer. Du entscheidest."

„Das ist meine Entscheidung", bestätigte Manfred Schmidt.

„Dann gehen wir in Position und geben im Bedarfsfall Feuerschutz!"

„Herr Unteroffizier", meldete sich der Pionier zu Wort.

„Was gibt's?", zischte Schmidt dem Soldaten mit seinem schwäbischen Akzent entgegen. Die Anspannung war deutlich zu spüren.

„Ich habe eine T-Mine dabei. Die würde ich gern beim Panzer unter 'ner Kette anbringen. Sollte etwas schief gehen und wir müssten schnell flüchten, würde der T 34 garantiert losfahren, um uns zu verfolgen."

„Und über deine Mine rollen."

„So habe ich es mir gedacht."

„Und falls das nicht der Fall ist, wüssten die Iwans spätestens morgen Vormittag, wenn sie die T-Mine entdecken, dass wir hier waren."

„Das wissen sie doch auch, wenn wir ihre Wachen gefangen nehmen."

„Nicht unbedingt", mischte sich Hott in das Gespräch ein. „Sie könnten auch übergelaufen oder desertiert sein. Das kommt öfter mal vor. Wir müssen also nur darauf achten, dass alles lautlos abläuft."

„Ich bring die Mine so an, dass sie nicht bemerkt wird."

„Wenn es knallt und wir Fersengeld geben müssen, habe ich keine große Lust, dass mir ein T 34 nachjagt", brachte Sturm an.

„Die Explosion würde natürlich auch für Verwirrung sorgen", fügte Hott hinzu.

„Also gut. Schnapp deine Mine und komm mit."

Unteroffizier Schmidt, Franz Kleber und der Pionier schlichen los. Hott und die andern legten ihre Karabiner an. Sie waren bereit zu feuern, falls etwas schief ging.

Die drei Landser machten einen kleinen Bogen, kamen zur Straße und verharrten für einen Moment.

„Alles ruhig. Keine Iwans in Sicht. Wollen wir loslegen? Traust du dir das zu", fragte Schmidt den Landser, der die russische Sprache beherrschte.

Kleber nickte. „Kein Problem."

Sie nahmen die Stahlhelme ab und hängten sie seitlich an ihre Koppel. Die unverkennbaren Konturen des deutschen Helms sollten sie nicht verraten. Bei jedem der drei Männer klopfte des Herz doppelt so schnell wie normal. Adrenalin wurde ausgeschüttet.

„Ich hoffe, im Dunkeln erkennt man uns tatsächlich nicht", flüsterte Unteroffizier Schmidt.

„Da Towaritsch", antwortete Kleber bereits in russischer Sprache.

Schmidt verstand und schwieg. Sie gingen mitten auf der Straße ins Dorf hinein. Schmidt und Kleber hielten ihre Waffen schussbereit, jedoch an den Körper angelegt, während der Pionier die T-Mine in der Hand trug und seinen K 98 umgehängt hatte.

Schweißperlen standen auf Schmidts Stirn. Je näher sie an das kleine Gehöft kamen, desto mehr und lauter murmelte Kleber ein paar lallend klingende russische Wörter.

Das Gebäude war erreicht. Noch waren sie entweder nicht bemerkt worden oder aber die Wachen dachten tatsächlich, ein paar Trunkenbolde kehrten zurück.

Sie lehnten sich an die Hauswand. Warten. Alles blieb ruhig. Sie waren immer noch nicht in den Fokus der Wachen geraten. Schnell gingen sie bis zur Hausecke vor. Der Unteroffizier lugte herum.

„Frei", flüsterte er so leise er konnte. „Sie sitzen immer noch bei der Pak. Wenn wir es bis zum Ende dieser Hausseite schaffen, sind es immer noch gute drei Meter bis zu den Wachen. Es wird eng."

„Nicht, wenn wir sie herrufen", meinte Kleber. „Kommt mit, ich habe eine Idee."

„Warte!", hakte Schmidt ein, doch der Einwand kam zu spät. Kleber war schon unterwegs. Er bemühte sich nicht, leise zu sein. Das Auftreten der Stiefel war deutlich zu hören.

„Dieser Idiot!", schimpfte der Unteroffizier und folgte dem Landser, der jetzt laut Russisch sprach.

„Genossen Wache! Der Politkommissar möchte euch sprechen! Sofort!", stieß Kleber aus und hoffte, dass sein Akzent überhört wurde. Schritte. Zwei Männer unterhielten sich. Sie kamen näher.

„Was ist los?", fragte einer nach.

„Dieser Wahnsinnige hat es geschafft", dachte sich Manfred Schmidt. Er kam neben Kleber zum Stehen, als die beiden russischen Wachen mitten im Satz die deutschen Uniformen erkannten, war es zu spät. „Wo ist der Genosse Polit …"

Der Rotarmist konnte den Satz nicht mehr zu Ende sprechen. Als er Kleber frontal gegenüber stand, stieß dieser sofort den Kolben seines K 98 nach vorn. Er traf die Stirn des wortführenden Soldaten mit voller Wucht. Nur noch ein: „Mpff" von sich gebend, brach der Russe zusammen. Der zweite Rotarmist starrte in den Maschinenpistolenlauf von Unteroffizier Schmidt.

„Sei ruhig, sonst bist du tot!", stieß Kleber unmissverständlich aus, woraufhin der Russe seine Waffe fallen ließ und die Hände hob.

Der Pionier ging sofort zum T 34, während Kleber den Russen nach weiteren Waffen durchsuchte. Der Landser nahm dem Gefangenen ein Bajonett ab, dann wandte er sich Manni zu. „Mehr hat er nicht."

Der Pionier kam nach wenigen Minuten zurück. „War viel leichter als ich dachte. Wenn der T 34 losrollt, rumst es ordentlich."

„Nehmen wir beide mit?", wollte Kleber wissen und deutete auf den bewusstlosen Rotarmisten.

„Wenn nicht, musst du ihn für immer zum Schweigen bringen, sonst verrät er uns", sagte Schmidt mit kaltem Tonfall.

„Wenn das so ist, nehmen wir ihn mit. Ich kann das nicht. Ich bin doch kein Metzger und das ist kein Schlachtvieh", entschied Kleber, kniete sich hin und tätschelte die Wangen des Bewusstlosen.

Als dieser langsam die Augen aufschlug, war auch er vollends entwaffnet.

„Ihr seid Gefangene. Ein Laut von euch und ihr sterbt!", erklärte Kleber kompromisslos in russischer Sprache. Beide Rotarmisten schwiegen. Mit erhobenen Händen gingen sie vor den drei deutschen Landsern her, wobei der verletzte Russe ein Taschentuch an seine Stirn hielt, die von einer schnell wachsenden Beule geziert war. Als sie auf die restliche Gruppe stießen, die aus dem kniehohen Gras auftauchte, zeigten sich die

Gefangenen überrascht. Sie nahmen die Russen in die Mitte und gingen auf dem gleichen Weg zurück, den sie gekommen waren.

Schüsse wurden wahrgenommen. Reiser drehte sich um. „Das kommt nicht von hinten, Ernst, das kommt von weiter weg. Ich schätze, einer unserer Spähtrupps befindet sich im Feuergefecht mit dem Iwan", klärte Hott den jungen Soldaten auf.

Sie zogen weiter durch die Nacht. Manni Schmidt und Hubert Schlier hatten sich an die Spitze gesetzt. Dahinter folgten der Nachrichtenmann und der Pionier, danach Kleber und Höllerich. Hinter ihnen gingen die Gefangenen, bewacht von der restlichen Gruppe. Hott und Reiser bildeten die Nachhut. Unteroffizier Schmidt führte die Gruppe exakt auf den gleichen Weg zurück. Er ließ das besetzte Waldstück rechts liegen und erreichte kurz vor 5 Uhr morgens den eigenen Vorposten. Das Losungswort wurde zugerufen. Der Posten winkte. Ein unbeabsichtigter Schusswaffengebrauch konnte ausgeschlossen werden.

Der sichere Laufgraben war erreicht. Nachdem der Spähtrupp auch noch das sMG-Nest passiert hatte, griff Manfred Schmidt an seine Brusttasche und zog eine Zigarettenschachtel heraus. Er fummelte aus der zerknüllten Packung eine Zigarette heraus und gab die Schachtel weiter.

„Bietet den beiden Russen auch eine an", sagte er, steckte die Zigarette in den Mund und zündete sie an. „Wir haben es geschafft, Kameraden. Eure Feuertaufe war ein voller Erfolg!"

Die jungen Soldaten waren stolz und müde. Die Gefangenen wurden zum Verhör gebracht, Manni erstattete Bericht und die Gruppe Schmidt durfte sich anschließend schlafen legen.

Später am Tag erfuhren sie, dass die dritte Gruppe auf einen russischen Spähtrupp gestoßen war. Es gab einen kurzen Schusswechsel und auf beiden Seiten Verwundete.

Die erste Gruppe war ohne Feindberührung weit ins Hinterland vorgedrungen, konnte jedoch keine Gefangenen machen. Die Gruppe Schmidt wurde von Leutnant Zoller lobend beim Kompaniechef erwähnt. Ihr Erfolg war ausschlaggebend, dass der Zug nicht mehr auf Spähtrupp gehen musste.

Nach einer Woche Postendienst an der HKL wurden sie wieder herausgelöst. Babuschka freute sich richtig, als alle wieder in ihrem kleinen Haus beisammen saßen. Abends spielte Josef Sturm auf seiner

Mundharmonika und für kurze Zeit war der Krieg vergessen. Er wurde von den jungen Männern im Gedanken verdrängt.

Franz Kleber war eines Morgens mit Zahnschmerzen aufgewacht und wurde von dem Münchner Lastwagenfahrer, der täglich von der Feldküche das warme Essen brachte, zur Zahnstation mitgenommen.

Als er am späten Nachmittag lächelnd mit einem fehlenden Backenzahn zurückkam, stellte Kleber eine Flasche Wacholderschnaps auf den Tisch.

„Ratet mal, wer beim Zahnarzt seinen Dienst verrichtet?" hatte er gefragt, allerdings auf keine Antwort gewartet. „Kein geringerer, als unser Gustav Hintermeier."

Kleber erzählte vom freudigen Zusammentreffen mit dem altbekannten Kameraden. Hintermeier lag bei der Ausbildung mit Kleber und einem Teil der Gruppe auf der 8-Mann-Stube, wurde allerdings vor dem Abrücken nach Russland zum Sanitätsdienst versetzt. Die Entscheidung kam für alle wenig überraschend, denn Hintermeier hatte zwei Semester Medizin studiert und sich dann freiwillig zum Militärdienst gemeldet. Sein Oberarzt versicherte ihm, dass er im Krieg mehr lernen würde als in jeder Universität der Welt.

„Die Wunde musst du desinfizieren … hatte er mir gesagt und die Flasche Schnaps in die Hand gedrückt", erzählte Kleber.

Ludwig Huber, so hieß der Münchner Lastwagenfahrer, dehnte bei seinen Fahrten die Pausen immer länger aus. Er fühlte sich bei Manni und dessen Gruppe wohl. Zweimal brachte er sogar Hintermeier mit, der sich riesig freute, seine alte Gruppe zu treffen.

Als Hintermeier am Abend des 26. Juni 1942 wieder einmal ins Dorf zur Gruppe Schmidt wollte, wurde ihm der Ausgang verweigert.

„Jeder hat auf seinem Posten zu bleiben", wurde ihm gesagt, was so viel wie: „Es geht in Kürze los", bedeutete.

Am Morgen des 27. Juni 1942 war alles anders. Aufregung herrschte. Die Front schien zum Leben zu erwacht zu sein. Seit Stunden trug der Wind unaufhörlich Motorengeräusche bis ins Dorf. Huber erzählte, dass es sich um eigene Panzer handelte. „Sie nehmen Aufstellung", teilte er mit.

Die Luftwaffe flog immer häufiger über die Stellungen hinweg und Sanitätsfahrzeuge wurden an Sammelstellen bereitgestellt.

Die lang erwartete Sommeroffensive stand unmittelbar bevor.

Um 9 Uhr war eine Besprechung für die Unterführer anberaumt. Jeder wusste, dass es losgehen würde. Lediglich Einzelheiten waren nicht bekannt.

Aufgeregt wartete die Gruppe auf den Bericht ihres Unteroffiziers. Als dieser endlich von Hubers Lastwagen sprang und sich vor Babuschkas Haus vor seinen Kameraden aufbaute, war sein Blick glasklar, seine Aussprache deutlich wie selten zuvor. Schmidts schwäbischer Akzent war nur noch ansatzweise zu hören.

„Heute Nacht um 2.15 Uhr geht es los, Kameraden. Wir werden jetzt Kaltverpflegung und Munition aufnehmen. Danach wird die Ausrüstung inspiziert, anschließend versuchen wir noch eine Runde Schlaf zu bekommen. Ich schätze, morgen wird's ein langer Tag werden!"

Es war eher ein Ruhen als ein Schlafen. Die Artillerie begann bereits am frühen Abend mit dem Einschießen. Immer wieder hieben Sie Granaten in die russischen Stellungen und ließen den Beschuss aussehen als sei es Störfeuer. Schmidt wusste, dass sich dieses Feuer kurz vor dem Angriff zu einem gigantischen Stahlregen steigern würde. Unaufhörlich deckten die deutschen Kanoniere die feindlichen Stellungen ein. Granate für Granate wurde abgefeuert. Noch, um die Rohre einzuschießen, später, um den Weg für die Infanteristen zu ebnen.

„Ich möchte nicht dort liegen. So wie sich das anhört, werden wir auf wenig Widerstand stoßen, wenn die Ari richtig loslegt. Das Inferno kann doch niemand überleben", bemerkte Reiser.

Er ging vor die Tür, nahm eine Holzleiter und stieg auf das Dach des Bauernhauses.

„Was soll das?", fragten seine Kameraden, die ihm neugierig gefolgt waren.

Reiser blickte zum Horizont. „Das ist jetzt schon ein gigantisches Schauspiel", rief er hinunter.

„Sei froh, dass wir es sind, die angreifen, nicht der Russe. Sonst würdest du jetzt in einem Bunker sitzen und zittern, weil seine Ari zu uns rüber donnern würde!"

Reiser stieg wieder vom Dach. Babuschka hatte Kaffee gekocht. Jeder füllte seine Feldflasche mit dem heißen Getränk. Das Kampfgepäck wurde ein letztes Mal überprüft, die Waffen geladen. Josef Sturm und Hubert Schlier waren die MG Schützen der Gruppe. Sturm war Schütze I. Er ließ den Verschluss des lMG 34 klacken und war zufrieden.

Schlier hatte die Ersatzläufe in die Tragetasche geschoben und seine Pistole überprüft.

Als Kompanie, zu der Schmidts Gruppe gehörte, sich im Bereitstellungsraum eingefunden hatte, war das Feuer der Haubitzen zum Trommelfeuer angewachsen. Am Horizont zitterte die Erde unter den Einschlägen der Granaten. Heulen und Pfeifen erfüllte die Luft.

„Habt ihr das gesehen", kommentierte Reiser, der nach wie vor von der Vernichtungskraft der Artillerie schwer beeindruckt war, „teilweise lodert es beim Russen grellrot und orangegelb auf. Ich wette, wir marschieren glatt durch deren Stellungen hindurch."

„Ich hoffe sehr, dass du die Wette gewinnst", stieß Unteroffizier Schmidt hervor.

„Unterführer zu mir!", hallte der Befehl von Leutnant Zoller durch die Nacht.

Manfred Schmidt sprang vom Lastwagen und eilte zu seinem Zugführer. Dieser stand mit einer Landkarte an seinem Kübelwagen. Der Plan war über der Motorhaube ausgebreitet. Der Lichtkegel einer Taschenlampe erhellte die Stelle, auf welche er zeigte.

„Wir stoßen genau hier durch. An der linken Flanke greifen Panzer an. Zwei Schützenpanzerwagen der Pioniere sind uns zugeordnet, einer davon ist mit Wurfrahmen ausgerüstet."

„Diese Stuka zu Fuß sind wichtig", kommentierte Feldwebel Roth, der die erste Gruppe führte.

„Sehe ich auch so", bestätigte Leutnant Zoller. „Schmidt, wie Sie sicherlich vermutet haben, werden die links von uns eingesetzten Panzerkräfte jenes Dorf einnehmen, das Sie mit ihrer Gruppe erkundet haben. Wir selbst stoßen rechts daran vorbei und folgen dem Straßenverlauf. Treffen wir auf den Iwan, drängen wir ihn zurück."

Ein Blick auf die Armbanduhr folgte.

„Die Artillerie wird in Kürze ihr Feuer einstellen. Die Luftwaffe wird noch einmal bestimmte Ziele bombardieren, danach sind wir an der Reihe."

Zoller sah in angespannte Gesichter. „Fragen?"

„Herr Leutnant, wie weit stoßen wir vor?"

„Unser Ziel ist diese Eisenbahnbrücke über den Tim!"

Der Offizier deutete auf einen Punkt in der Landkarte.

„Das sind ja gute 18 bis 20 Kilometer", pfiff Roth aus.

„Korrekt, Feldwebel Roth! Und wir werden es schaffen. Wir sind das *III. Bataillon des Infanterie-Regiments 2 der Division Großdeutschland*! Aufsitzen!"

PA -0-G- Vormarsch - Marschpause – Zeit: 1935 – 1945, Privatarchiv des Autors

Die Gruppenführer unterrichteten die Mannschaften. Betroffenes Schweigen. Stille auf den Lastwagen. Jeder bereitete sich auf seine eigene Art und Weise auf die bevorstehenden Kampfhandlungen vor.

Der Übergang von Artilleriefeuer zu Angriffen der deutschen Luftwaffe war fast fließend. Als die Artillerie verstummte, dröhnte der Lärm von Flugzeugmotoren am Himmel. Sämtliche Nerven waren bis zum Zerreißen gespannt. Mit der dritten Angriffswelle flogen Stukas ihre Ziele an. Deren Geheule war bis zu den wartenden Landsern zu hören.

„Ich halte das nicht mehr lange aus. Schau mal ...", sagte Reiser und zeigte seine Unterarme her, „... ich habe überall Gänsehaut!"

„Sei froh, dass du kein Russe bist", beruhigte ihn Hott.

Endlich kam das schon fast erlösende Kommando des Zugführers. Die Motoren wurden gestartet. Es war soweit. Die Lastwagen setzten sich in Bewegung. Jeder Fahrer folgte seinem Vordermann, der erste Lkw wiederum dem Kübelwagen des Zugführers.

Panzerfahrzeuge preschten vorbei. Kampflärm war zu hören. Die erste Angriffswelle war beim Feind angekommen. Die Leuchtspurmunition der Maschinengewehrsalven aus den vordersten Stellungen wiesen den Weg. Panzer feuerten. Krachend detonierten deren Granaten in den feindlichen Linien.

Ruckartig blieben die Lastwagen stehen.

„Raus!", ertönte es.

Absitzen. Mannschaften orientierten sich bei ihren Gruppenführern, diese bei den Offizieren. Weniger als eine Minute benötigte der Zug von Leutnant Zoller, um kampfbereit angetreten zu sein.

„Vorwärts!", brüllte der Offizier. Seine Faust schnellte zweimal in die Höhe und zurück. Das taktische Zeichen für *Marsch, Marsch*!

Im Laufschritt, die Schusswaffen in den Hüften, bereit sofort zu feuern, rannten die Infanteristen auf die gegnerischen Linien zu. Erste Gewehrschüsse krachten. Russische Pak feuerten. Ein weit vorgerückter deutscher Panzer IV erhielt einen Volltreffer. Hell züngelten Flammen gegen den Himmel und erleuchteten das schaurige Schicksal der Besatzung. Nur einem einzigen Besatzungsmitglied gelang es auszubooten, dann zerbarst der Stahlkoloss.

„Weiter, Männer! Wir müssen sie aus dem Graben werfen!"

Leutnant Zoller stürmte todesverachtend voran. In breiter Front folgte sein Zug.

„Was hat unsere Ari unter Feuer genommen, wenn die sich noch so heftig wehren?", stieß Ernst Reiser aus.

Er keuchte unter der Last der Munitionskästen, die er schleppte. Sein Karabiner war auf dem Rücken geschnallt und hüpfte bei jedem Schritt hin und her. Reiser folgte den Schützen I und II. Seine Lunge begann zu stechen. Die Beine wurden schwer.

Immer wieder zischten Leuchtkugeln nach oben und sorgten sekundenlang für grelles, flackerndes Magnesiumlicht.

„Achtung! MG-Feuer von rechts!", brüllte ein Landser warnend.

Schmidt und seine Kameraden warfen sich zu Boden. Der Unteroffizier spürte den heißen Luftzug von Maschinengewehrgarben über sich hinwegfegen.

„Auf zwei Uhr. Ein Maxim!", schrie ihm Obergefreiter Hott zu, der anlegte und mit dem Karabiner auf das feindliche MG-Nest feuerte.

Manni Schmidt suchte Sturm und entdeckte den Gefreiten, der sich nicht weit weg von ihm flach auf die Erde presste.

„Josef!", brüllte er so laut er nur konnte, „Josef! Du musst ihn erledigen!"

Gleichzeitig hob der Unterführer die Faust, streckte zwei Finger in die Höhe, ließ sie nach unten sinken und deutete so an, dass sein Kamerad das lMG 34 aufs Zweibein stellen und schießen sollte. Noch während der Unteroffizier die taktischen Zeichen gab, schwenkte das schwere russische Maschinengewehr herum und nahm die rechte Flanke unter Beschuss. Sturm nutzte die Gelegenheit, klappte das Zweibein aus und visierte an. Schlier lag neben ihm und legte einen Ersatzgurt bereit. Sturm zog den Abzugshebel nach hinten. Das lMG 34 ratterte los.

Rrrrt ... rrrrt

„Weiter links!", schrie der Schütze II laut, um das Gewehrfeuer zu übertönen. Hubert verfolgte anhand der Leuchtspurmunition die Flugbahn der Projektile und wollte seinen Schützen I korrigieren.

Sturm presste den Kolben an die Wange, änderte ein wenig die Schussrichtung und zog den Abzugshebel erneut durch. Diesmal jagte er Salve um Salve in Richtung des russischen MG-Nestes.

Die Schützen des Maxim schwenkten in diesem Moment ebenfalls den Lauf ihrer Waffe herum. Verzweifelt versuchten sie das deutsche MG auszuschalten, dann verstummte ihre Waffe.

„Treffer. Sprung auf! Marsch! Marsch!"

Manfred Schmidt stand bereits und jagte eine Salve aus seiner MP. Instinktiv griff er an sein Koppel, zog eine Stielhandgranate heraus und schraubte den Verschlussdeckel ab.

Sturm stand ebenfalls auf. Er hielt das MG hüfthoch an der Seite und rannte weiter auf den Feind zu.

Lautes Motorengeräusch von hinten. Ein SPW preschte heran, blieb abrupt stehen und jagte seine Wurfgranaten dem Feind entgegen.

Wumm

Mehrere Einschläge beim Feind. Einer war ein Volltreffer. Die russische Pak, die den Panzer IV abgeschossen hatte, war jetzt selbst zerstört. Die leblosen Körper der Bedienmannschaft lagen zerfetzt daneben. Ein Bild des Schreckens. Eine weitere Salve wurde abgefeuert.

Wumm

Diesmal brannte es in den russischen Stellungen lichterloh. In den Wurfkörpern der zweiten Salve befand sich Flammöl. Die psychologische Wirkung war enorm hoch. Sie trieb die Landser weiter vor und brach den Kampfwillen des Gegners.

Manfred Schmidt rannte, so schnell er konnte. Der Graben befand sich jetzt in Wurfweite. Die Sicherungsschnur wurde abgezogen. „Einundzwanzig, zweiundzwanzig…", zählte der Unteroffizier laut mit und schleuderte die Handgranate nach vorn. Er ließ sich fallen, wartete die Detonation ab, sprang wieder auf und stürmte weiter. An der linken Flanke waren bereits zwei, drei Panzer über die Gräben gerollt.

„Ah", tönte ein Schmerzschrei an Schmidts Ohr. Sein Nebenmann fiel zu Boden. Braune Uniformen tauchten vor ihm auf. Der Unteroffizier zog den Abzug durch und jagte ein paar Salven aus seiner MP. Er sprang auf die erste Sandsackbarriere und hielt den Lauf seiner Waffe in den Graben. Gerade noch rechtzeitig, Sekundenbruchteile bevor er durchzog, erkannte der Unteroffizier, dass die Russen ihre Arme hoben.

„Sie ergeben sich! Feuer einstellen!", brüllte er nach links und rechts. „Feuer einstellen!", wiederholte er.

Immer mehr Landser erreichten die sowjetischen Stellungen.

„Rucki werch!", ertönte es von allen Seiten.

„Dawai!"

Unmissverständlich wurden alle Rotarmisten im Kampfabschnitt zum Aufgeben aufgefordert. Immer mehr Soldaten in erdbraunen Uniformen warfen ihre Waffen weg. Das Feuer ebbte ab. Lediglich an der linken Flanke wurde noch heftig gekämpft.

„Sanitäter!", waren die nächsten Rufe, die über das Schlachtfeld hallten.

Panzer und Schützenpanzerwagen setzten flüchtenden Feinden nach. Das grelle Magnesiumlicht der Leuchtkugeln flackerte schier pausenlos am Himmel und stülpte künstliches Licht über die Szenen. Schützen sahen Ziele, Fahrer konnten sich orientieren.

„Unteroffizier Krüger! Sie richten eine Gefangenensammelstelle ein. Am besten gleich hier in diesem Grabenabschnitt", befahl Leutnant Zoller.

„Ein Funkspruch von Major Hoßwein. Er möchte eine erste Lagemeldung", meldete ein Nachrichtmann.

Zoller ging ans Funkgerät. Bevor er einen schnellen, präzisen Bericht absetzte gab er Order, sich unverzüglich um die Verwundeten und Gefallenen zu kümmern. „Freund und Feind", fügte er hinzu.

„Zweite Gruppe zu mir!"

Manfred Schmidt suchte seine Mannschaft zusammen. Schweißverschmierte Gesichter. Zwei der Neuen hatten ausdruckslose Augen. Der Gruppenführer klopfte einem auf die Schulter. Es war Ernst Reiser.

„Du hast dich für deinen ersten Kampfeinsatz Wacker gehalten. Kopf hoch. Das ist der Krieg. Jetzt bist du ein richtiger Soldat."

„Manni, ich hab´ mir vor Angst fast in die Hosen gemacht", gab Ernst unumwunden zu.

„Nicht nur du, Kamerad. Jedes Mal, wenn wir angreifen, geht es Hunderten von Landsern genauso. Mich eingeschlossen."

Reisers Augen fixierten seinen Gruppenführer. „Wirklich?"

„Wenn ich es dir sage. Aber tu mir einen Gefallen", Manni Schmidt ging ganz nah zu Reiser, „sag es bitte nicht weiter. Das könnte mich ein ganz dickes Stück meiner Autorität kosten."

„Einverstanden. Wir beide verraten unser Geheimnis nicht weiter", versprach Reiser. Er fühlte sich sichtlich wohler.

Hott bot dem Unteroffizier eine Zigarette an. „Guter Schachzug, Manni", sagte er beiläufig, als Reiser sich zu den anderen jungen Soldaten gesellte. Beide wussten, wie es gemeint war. Der Unteroffizier hatte dem jungen Reiser Mut gemacht und sein Verhalten als menschlich erklärt. Auf diese Art und Weise behielt Reiser sein Gesicht und musste sich nicht vor seinen Kameraden schämen.

„Ich habe lediglich seine Ehrlichkeit belohnt."

„Weißmann wurde verwundet", berichtete Hott weiter.

„Ich habe ihn fallen sehen. Hat es ihn schwer erwischt?"

„Ich befürchte es. Die Sanis haben ihn gleich auf die Bahre und gesagt, dass er sofort ins Feldlazarett muss. Mindestens zwei Einschüsse im Oberkörper."

„Hoffentlich schafft er es."

„Ich hoffe es auch. Weißmann ist noch keine zwanzig. Viel zu jung, um zu sterben."

Die Gruppe hatte sich versammelt.

„Ist außer Weißmann noch jemand verletzt?", fragte Schmidt. Er sah, dass Höllerich einen Verband am Hals trug und sprach ihn direkt an. „Was ist das?", wollte er wissen und deutete auf den Verband.

„Nur ein Kratzer, Manni. Ich wollte lediglich ein Pflaster haben, aber der Sani hat auf den Verband bestanden. Er hat noch so ein Puder drauf, damit sich die Wunde nicht infiziert."

„Du kannst auch mit den Gefangenen zurück, Höllerich."

„Danke für das Angebot, aber ich bleibe bei der Gruppe."

Schmidt sah den verletzten Soldaten an und musterte ihn kurz. „Einverstanden", entschied er, als er schließlich in die entschlossenen Augen Höllerichs blickte.

Der Kampflärm an den Flanken verebbte ebenfalls nach und nach. Soldaten standen in Grüppchen herum. Manche rauchten, manche sahen gelassen aus und manche starrten dumpf vor sich hin. Sanitätsfahrzeuge fuhren pausenlos. Gefangene sammelten sich. Ein paar Fahrzeuge mit höheren Offizieren rollten vorbei. Es lag immer noch der Geruch von Feuer und Verbranntem in der Luft.

Leutnant Zoller verhörte einen russischen Offizier. Er rief den Nachrichtenmann zu sich und setzte einen Funkspruch ab. Dann ließ er sammeln und die Lastwagen nachziehen.

„Aufsitzen! Es geht weiter. Unser Frontabschnitt war von den Sowjets nur schwach besetzt. Die anderen Bataillone hingegen sind immer noch in heftige Kämpfe verwickelt. Wir sind die Speerspitze der Kompanie und haben den Befehl vorzurücken. Wir müssen unser Ziel erreichen, dann ist der spätere Nachschub gesichert", befahl Leutnant Zoller. „Wo sind eigentlich die Pioniere?", schob er nach.

„Ein SPW steht hinter den Lastwagen, Herr Leutnant. Es ist die *Stuka zu Fuß.*"

„Genau den brauche ich."

Der Offizier schlug mit der Faust in die flache Hand. „Einer der gefangenen Iwans hat berichtet, dass die Straße, auf der wir zur Eisenbahnbrücke fahren, vermint ist. Auf meiner Karte hat er die Koordinaten eingezeichnet. Ich hoffe nur, dass er uns nicht angelogen hat, sonst werde ich ihn ein zweites Mal vernehmen, aber dann ohne Rücksichtnahme auf die Genfer Konvention", drohte er, ohne es allerdings ernst zu meinen.

„Warum sollte er uns anlügen, Herr Leutnant? Für ihn ist der Krieg vorbei."

„So sehe ich die Sache auch. Wenn der Unterleutnant die Wahrheit gesagt hat, können wir die nächsten fünf bis sieben Kilometer ohne Feindkontakt vorrücken."

Der Zugführer ging zu den Pionieren. Er wies sie in die neue Lage ein und schickte sie mit dem SPW voraus. Zwei Kradschützen-Gespanne folgten, dann kam Zollers Kübelwagen, gefolgt von den Lastwagen des Zuges. Mit größerem Abstand folgte die restliche Kompanie. Das Bataillon rückte breit gefächert nach.

„Wir sind die Speerspitze und stoßen tief ins Feindgebiet vor", sagte Manfred Schmidt, der mit seinen Männern auf der Ladefläche saß. Er rauchte. Der blaue Dunst, den er nach jedem Lungenzug ausstieß, waberte nur für den Bruchteil von Sekunden über ihm, bevor der Fahrtwind die kleine Wolke erfasste.

„Hoffentlich hat sich unsere Aufklärung nicht getäuscht. Wenn wir zu weit vorstoßen, können wir auch schnell vom Verfolger zum Gejagten werden."

„Mal den Teufel nicht an die Wand. Wir haben die russischen Stellungen überrannt. Die Rotarmisten sind geschlagen. Diejenigen, die nicht tot auf dem Schlachtfeld liegen oder in Gefangenschaft geraten sind, laufen wie die Hasen davon", machte Kleber den anderen Mut.

„Das wäre schön, aber dennoch müssen wir auf der Hut sein. Kontrolliert eure Waffen und ladet nach", beschwichtigte Schmidt, ohne die Euphorie der jungen Soldaten gänzlich zu dämpfen.

PA -0-G- Russland – im Gelände – Zeit: 1935 – 1945, Privatarchiv des Autors

Tatsächlich kamen die Teilkräfte der *Division Großdeutschland* erheblich schneller voran als ursprünglich angenommen.

Die Männer waren auf alles gefasst. Die Waffen lagen schussbereit über ihren Schößen. Bei jedem Schlagloch, das durchfahren wurde und bei jedem Stein, der mit einem Lenkmanöver umfahren werden musste, schreckten sie auf. Sie wussten, dass sie immer tiefer in feindliches Gebiet vorrückten. Kilometer um Kilometer. Zwischenzeitlich hatte die Sonne begonnen, das Grau der Nacht zur Seite zu schieben.

Manni kramte schon wieder eine Zigarette hervor, schüttelte wortlos mit dem Kopf und schob sie zurück in die Schachtel. „Das wird selbst mir zu viel", flüsterte er kaum verständlich.

Kaum war die Zigarettenschachtel wieder in der Brusttasche seiner Uniform verschwunden, bremste der Fahrer. Der Konvoi hielt an.

„Ein Minenfeld liegt vor uns", wurde von Lastwagenfahrer zu Lastwagenfahrer durchgegeben.

Schmidt stieg von der Ladefläche, streckte sich und versuchte zu erkennen, was sich ganz vorn abspielte. Er konnte schemenhaft zwei Gestalten sehen, die mit ihren Minensuchern langsam auf der Straße umhergingen. Der Unteroffizier ging zu Leutnant Zoller, der neben seinem Kübelwagen stand.

„Einer der Kradfahrer hat es entdeckt. Ich habe ihm die Informationen des gefangenen Russen gegeben. Er hatte nicht gelogen. Die ersten Minen waren zudem nur schlecht verscharrt. Der Kradfahrer hat sie gottseidank schnell entdeckt."

„Glück gehört auch dazu."

„Da haben Sie recht", entgegnete der Leutnant.

„Wie breit und tief ist der Minengürtel?"

„Nicht sonderlich, Schmidt. Drei Barrieren im Abstand von jeweils zehn Metern, was die Pioniere bislang festgestellt haben."

„Wir haben eine", warnte ein Pionier. Er bückte sich und schob um die Mine herum vorsichtig die Erde zur Seite. „Es ist eine russische Panzermine Typ TM-39. Da sind knapp drei Kilo Sprengstoff drin", sagte er seinem Nebenmann.

Instinktiv trat Manni einen Schritt zurück. Der Pionier war keine zehn Meter von ihm entfernt.

„Ich sehe mal drunter. Oftmals sind diese Dinger zusätzlich mit Sprengstoff gegen Aufnahme abgesichert."

Kaum ausgesprochen, bugsierte der Pionier auch unter der Mine das Erdreich zur Seite. Nach und nach holte er mit den Händen kleine Erdhäufchen aus dem Loch und legte sie behutsam daneben. „Ich kann nichts fühlen."

Das spärliche Licht der Morgendämmerung reichte nicht aus, um in dem gegrabenen Loch etwas zu erkennen. „Gib mir mal die Taschenlampe, vielleicht kann ich dann mehr sehen", forderte er seinen Kameraden auf.

„Hier."

Er nahm die kleine Lampe entgegen, schaltete sie ein und leuchtete in das Loch.

„Keine Absicherung, ich hol sie jetzt raus", kam die Entwarnung.

„Hier liegt die nächste Mine", rief ein dritter Pionier, der sich ein freies Minensuchgerät geschnappt hatte und weitere Sprengkörper in der Erde suchte, während die ersten Minen entschärft wurden. Er wollte wertvolle Zeit sparen.

„Steck ´ne Fahne rein, Gustav, die Mine liegt so nah am Straßenrand, da können wir auch dran vorbeirollen."

Der angesprochene Pionier griff an seine Seite, klappte das um die Schulter getragene Kunstledertäschchen auf und zog eine gelbe Fahne mit Totenkopf heraus. Mit geübtem Griff drückte er das Warnfähnchen in unmittelbarer Nähe der Mine in die Erde und ging weiter.

„Achtung! Mine!", kam die nächste Meldung.

„Die hole ich raus", sagte der Unteroffizier, der Pioniergruppe führte.

Leutnant Zoller sah immer wieder nervös auf seine Uhr.

Schmidt war das nicht entgangen. „Die Pioniere sind schnell, Herr Leutnant. Wir kommen gut voran", beruhigte er ihn.

„Erste Gruppe absitzen! Links und rechts an der Straße entlang verteilen und sichern", befahl Zoller, dann wandte er sich Schmidt zu. „Wir sitzen hier auf dem Präsentierteller. Das ist das Mindeste, was ich zum Schutz für alle veranlassen kann", erklärte der Offizier, ohne dass der Unteroffizier danach gefragt hatte.

Zoller zog die Landkarte heraus, machte zwei Schritte nach vorn und breitete sie auf der Motorhaube des Kübelwagens aus. „Alle Unterführer zu mir!"

Als alle Landser im Unteroffiziersrang bei ihrem Zugführer standen, rückte hinter ihnen der Zug von Leutnant Sommerlein auf. Der Offizier kam sofort zu Zoller. Beide besprachen sich etwas abseits, dann kam Leutnant Zoller zurück und richtete das Wort an seine Unteroffiziere. „Wir lassen Scigry rechts liegen und folgen der Bahnlinie bis nach Ceremisnovo. Unser Zug rückt weiter bis zu dem Fluss Tim vor, während der Zug von Leutnant Sommerlein hinter uns die Straße dicht macht. Sollte der Iwan noch in Ceremisnovo sitzen, haben wir Rückendeckung. Wir selbst müssen zum Fluss und die dortige Eisenbahnbrücke über den Tim einnehmen. Das ist sowohl strategisch als auch taktisch von äußerster Wichtigkeit. Wie mir Leutnant Sommerlein soeben berichtet hat, befinden wir uns bereits einige Kilometer vor dem restlichen Bataillon. Major Hoßwein folgt uns so schnell wie möglich."

Der Leutnant machte eine kurze Pause. Sein rechter Zeigefinger wanderte auf der Landkarte bis zu einer bestimmten Stelle. Die Augen der Gruppenführer folgten diesem gebannt.

„Wenn wir die Brücke eingenommen haben, bedeutet das auch, dass wir uns einigeln müssen und etwaige Gegenangriffe bis zum Eintreffen unserer Kameraden abwehren müssen. Fragen?", beendete er seine Ansprache.

Niemand meldete sich. Der Befehl war eindeutig. Von den Soldaten wurde alles gefordert. Jetzt sollte es sich erweisen, ob sie berechtigterweise einer elitären Einheit angehörten.

Eine halbe Stunde später kam die herbeigesehnte Mitteilung der Pioniere. „Straße frei!"

„Erste Gruppe aufsitzen! Kradschützen an die Spitze. Abmarsch!"

Die Fahrzeuge der beiden Züge rollten an.

„Wir haben so was von Glück, dass es trocken ist", sagte Hott und blickte Manfred Schmidt an.

„Richtig. Nicht auszudenken, was bei Regenwetter auf uns zukommen würde."

„Was denn? Dass wir bis auf die Haut nass wären?", wollte Schlier wissen.

„Nee, Schlier. Wir könnten nicht quer übers Land fahren. Wir müssten uns an die Straßen halten und so durch jede vom Russen besetzte Ortschaft rollen. Überall ein paar Minengürtel, überall ein paar Pak oder MG-Nester und unser Auftrag wäre ein Himmelfahrtskommando."

„Wenn die Straßen überhaupt passierbar wären. Viele sind ja auch nur staubige Pisten und würden bei uns zu Hause gar nicht als Straßen bezeichnet werden", fügte Schmidt hinzu.

„Ich fühle mich auch so schon nicht ganz wohl in meiner Haut. Wenn ich bedenke, dass wir ein paar Kilometer vor dem Gros unserer Truppen fahren und jederzeit auf den Feind treffen könnten …", Schlier sprach den Satz nicht zu Ende. Jeder wusste, worauf angespielt war.

„Denk einfach nicht dran", riet Sturm. Er hielt das MG 34 zwischen seinen Beinen und hatte sich einen Munitionsgurt über die Schulter gelegt.

Die Strecke wurde holpriger. Sie hatten die Landstraße verlassen und fuhren querfeldein.

„Das gibt Schwielen am Hintern", schimpfte Kleber.

Hott lachte. „Lieber am Hintern als an den Füßen. Wenn ich an den Schlamm vor dem letzten Winter denke, bin ich über jeden Meter trockenen Bodens dankbar."

Die Lastwagen rollten problemlos über das trockene Land. Ein Kradschütze knatterte heran. Er drosselte beim Kübel des Leutnants seine Geschwindigkeit.
„Halten sie mal an", befahl Zoller seinem Fahrer.
Mit dem Abbremsen des Kübelwagens, hielten auch die anderen Fahrzeuge der beiden Züge an. Der Kradmelder übergab Zoller eine schriftliche Nachricht, dann wendete er sein Motorrad und preschte zurück zum Bataillon.
Sommerleins Fahrer scherte aus der Kolonne und fuhr nach vorn. Der Leutnant stieg aus und ging zu Zoller. Die beiden Offiziere besprachen sich kurz. Als das Kommando zur Weiterfahrt gegeben wurde, schwenkten die Männer von Leutnant Sommerlein rechts ab, während Leutnant Zollers Zug noch ein Stück weiter fuhr, bevor sie an ihrem Ziel ankamen. Im Mondlicht wurden die Fahrzeuge geparkt.
„Absitzen!"
„Es ist soweit, Kameraden", stieß Unteroffizier Schmidt aus und sprang vom Lastwagen.

PA -0-G- Besprechung– Zeit: 1935 – 1945, Privatarchiv des Autors

Leutnant Zoller ließ sammeln. Er stellte sich in die Mitte seines Zuges, der im Halbkreis angetreten war.

„Der Tim liegt vierzig Meter geradeaus vor uns. Die Eisenbahnbrücke befindet sich knapp eineinhalb Kilometer in südlicher Richtung. Wenn wir den Iwan überraschen wollen, müssen wir zu Fuß gehen."

„Herr Leutnant", meldete sich der Pionierunteroffizier zu Wort und trat nach vorn.

„Ja", antwortete Zoller.

„Ich gehe davon aus, dass die Brücke zur Sprengung vorbereitet ist. Wir müssen unbedingt auf den Überraschungsmoment setzen und die Russen überwältigen, bevor sie gesprengt werden kann. Ich schlage vor, meine Männer und ich werden sofort die Brücke besetzen, wenn wir dort sind."

„Einverstanden! Achten Sie auf Kabel und andere Hinweise auf Sprengladungen. Sofern sie welche entdecken, beginnen Sie sofort mit der Entschärfung!"

„Zu Befehl, Herr Leutnant. Sprechen Sie bezüglich den Kabeln von einer möglichen Fernzündung?"

„Genau! Ich möchte nicht, dass der Russe Sie und Ihre Pioniere mit in die Luft sprengt."

„Das werde ich wohl zu verhindern wissen", winkte der Pionier ab, „aber jetzt lassen Sie uns erst mal zur Brücke kommen", fügte er hinzu.

„Vorwärts! Wir rücken erst in Schützenreihe vor, auf mein Kommando bilden wir eine Schützenkette. Die Maschinengewehre so positionieren, dass alle Flanken abgedeckt sind."

„Einer der Kradschützen ist von seinem Spähauftrag noch nicht zurück, Herr Leutnant", meldete sich der zweite Kradfahrer zu Wort. „Karl ist zu Fuß unterwegs."

„Ich weiß", entgegnete der Offizier. „Wir können nicht auf ihn warten, die Zeit rennt uns davon. Der Angriff sollte noch im Morgengrauen stattfinden."

„Da kommt einer", rief jemand.

Ein Soldat kam auf sie zugelaufen. Gewehrläufe wurden auf ihn gerichtet.

„Nicht schießen! Ich bin es! Karl Pickel, der Kradschütze!"

Pickel kam im Laufschritt an. Er stellte sich vor Leutnant Zoller, rang nach Atem und berichtete. „Bis gut drei … hundert … Meter …", Pickel musste nach Luft schnappen, nur langsam beruhigte er sich. Erst nach einer kleinen Pause atmete er flacher und konnte flüssig weiter sprechen. „… können wir anschleichen. Ein Rapsfeld bietet erstklassige Deckung. Danach müssen wir über ebenerdige Grasflächen ohne Deckungsmöglichkeiten."

„Konnten sie sehen, wie die Brücke abgesichert ist?"

„Ich habe ein paar Sandsäcke gesehen. Der Iwan scheint zu schlafen."

„Das kann ich mir nicht vorstellen. Nach unserer Offensive auf breiter Front ist die Rote Armee von Moskau bis Stalingrad aufgeschreckt. Ich verwette eine Jahresration an Marketenderware, dass es keinen einzigen Posten gibt, der schläft", konterte der Offizier.

„Dann gibt es nur eine Möglichkeit! Wir müssen frontal angreifen", sagte Feldwebel Dobresch, der die dritte Gruppe führte.

„Schön und gut, aber die Brücke ist von beiden Seiten gesichert. Drüben steht eine Flak. Offensichtlich hatten die Russen Angst vor unserer Luftwaffe", teilte der Späher mit.

„Dann müssen wir unsere Granatwerfergruppe zum Einsatz bringen."

„Wozu haben wir die Stuka zu Fuß? Wenn wir ein paar Salven rüber donnern …", schlug Unteroffizier Schmidt vor, wurde jedoch unterbrochen.

„Das war das Stichwort", fiel ihm der Pionierunteroffizier ins Wort.

„Was für ein Stichwort?", fragte Leutnant Zoller.

Er und alle Unterführer sahen den Pionier fragend an.

„Wir haben im SPW ein Schlauchboot. Meine Männer und ich setzen über den Tim und greifen von der anderen Seite der Brücke an. Wenn der Angriff hier beginnt, wird die Flak-Bedienung alles andere machen, als ihren Rücken zu decken. Wir schnappen sie uns von hinten, dann haben wir den Russen in der Zange. Falls die Rotarmisten sich über die Brücke zurückziehen wollen, schnappt die Falle zu!"

„Sehr guter Plan. Wie heißen Sie eigentlich?", wollte Leutnant Zoller wissen.

„Kastner, Herr Leutnant. Unteroffizier Wilhelm Kastner", wiederholte er.

„Sehen Sie zu, dass Sie rüber kommen. Wie lange brauchen Sie?"

Schon während der Offizier fragte, hievten die Pioniere das Schlauchboot vom SPW und setzten die Pumpe an.

„Höchstens 'ne Viertelstunde, Herr Leutnant."
„Beeilen Sie sich. Ich muss den Angriffsbefehl erteilen, solange es noch dämmert. Wir haben nicht mehr viel Zeit", wiederholte er.
„Rücken Sie vor. Wir schaffen das. Meine Leute sind eingespielt."
Zoller legte seine Hand zum militärischen Gruß an. „Viel Glück!"

Der Zug war schnell vorgerückt, die Fahrzeuge im Bereitstellungsraum verblieben. Das Rapsfeld war erreicht. Auf das taktische Zeichen von Leutnant Zoller ging es geduckt weiter. Jeder einzelne Soldat versuchte so leise wie möglich zu sein. Jedes unnötige Klappern könnte den Zug verraten. Das Ende des Feldes wurde erreicht. Alles war gut gegangen.
Wumm
Detonationen waren aus Richtung des Zuges von Leutnant Sommerlein zu hören.
„Unsere Kameraden haben Feindberührung. Wir müssen die Brücke sofort einnehmen. Wenn Sommerlein sich hierher zurückziehen muss, sollten wir schon eingeigelt sein."
„Ich stimme Ihnen voll und ganz zu, Herr Leutnant", flüsterte ein altgedienter Obergefreiter aus der Gruppe von Feldwebel Dobresch.
Zoller zog die Leuchtpistole, hielt sie in die Luft und schnaufte kräftig durch. „Sind die Maschinengewehre in Position? Wir brauchen beim Angriff die volle Unterstützung ihrer Schussstärke!"
„Es wird gleich ganz hell sein, die Sonne kommt raus", mahnte Dobresch.
Zoller zog den Abzug der Leuchtpistole.
Blob
Die Leuchtkugel wurde in den Himmel geschleudert. Die Eisenbahnbrücke sowie die links und rechts daneben befindlichen Sandsackstellungen wurden grell und unnatürlich beleuchtet.
Im gleichen Moment ratterten zwei Maschinengewehre los. Zeitgleich erklang das dumpfe Plobben der Granatwerfer, dessen Gruppe dem Zug zugewiesen war. Die deutschen Soldaten rannten über die freie Ebene. Mündungsfeuer blitze beim Gegner auf. Erst vereinzelt, dann immer mehr.
„Vorwärts! Angriff!", brüllte Leutnant Zoller und setzte sich an die Spitze seines in Breitkeilformation angreifenden Zuges.

„30 nach rechts – zwanzig kürzer!", donnerte das Kommando des Granattruppführers, nachdem er den ersten Einschlag beobachtet hatte.

„Feuerbereit!"

„Feuer frei!"

plob

„Abgefeuert!"

„Wir liegen im Ziel! Feuer frei!"

plob

Manfred Schmidt rannte so schnell er nur konnte. Er spürte einen heißen Luftzug und ließ sich instinktiv fallen. Neben ihm landeten Hott und Kleber auf der Erde. Beide legten an, feuerten und repetierten ihre Karabiner. Jetzt kam eine Salve von hinten. Sie zwang den Feind in Deckung.

„Das ist Sturm. Er gibt uns Feuerschutz. Sprung auf, marsch, marsch!", tönte Schmidt und sprang auf.

Seine Männer folgten ihm.

„Wir schaffen es", schrie Hott und machte eine Handgranate klar.

Vom anderen Ufer des Tim schlug jetzt schweres Feuer entgegen.

tack tack tack

Männer schrien auf.

„Volle Deckung!"

Wieder strich eine Salve der russischen Flak über die Angreifer hinweg. Die MG-Besatzung der Gruppe Dobresch zielte auf die Flakbesatzung und gab ein paar Salven ab.

„Sie nehmen die Flak unter Beschuss", rief Kleber und wollte aufspringen, doch Manni drückte ihn zurück.

„Warte!"

Die Flakmannschaft schwenkte das Rohr herum. Einige der Geschosse zischten über Schmidts Kopf hinweg. Der Unteroffizier presste sich auf die Erde.

„Sie suchen das MG!"

„Hoffentlich haben die Kameraden ihre Stellung gewechselt. Hier gibt es keine Deckung", plärrte Hott.

Zu spät. Das lMG 34 war verstummt. Die Schützen lagen tödlich getroffen neben ihrer Schnellfeuerwaffe im Gras. Als die Salven ausblieben und Unteroffizier Schmidt registrierte, dass die MG-Mannschaft gefallen war, ballten seine Fäuste. Ihm war sofort klar, wenn die Pioniere keinen Erfolg hatten, würde der Sturmlauf auf die Eisenbahnbrücke sehr viel Blut kosten und der Erfolg dennoch nicht gewährt sein. Sie mussten es einfach schaffen.

Das Schlauchboot wurde zu Wasser gelassen. Jeder hatte seinen Platz eingenommen. Tausendmal geübt. Kein Problem für die Pioniere. Selbst das Rudern ging weitgehend lautlos vonstatten. Als das andere Ufer erreicht war, wurde das Boot an Land gezogen.

„Vorwärts! Unsere Kameraden werden Hilfe benötigen", sagte Wilhelm Kastner.

Im Laufschritt vorauseilend, gab er das Tempo an. Eine Leuchtkugel wurde abgefeuert.

Es geht los.

Gefechtslärm kam auf.

„Schneller!", trieb Kastner die Pioniere an.

Sie hetzten am Flussufer entlang, eilten Richtung Brücke. Schließlich tauchte das Konstrukt vor ihnen auf.

„Dort vorn ist sie", zeigte der Unteroffizier an.

Er duckte sich und hielt an. Das Mündungsfeuer der Flak war deutlich zu erkennen.

„Drei Mann nähern sich vom Flussufer, der Rest kommt mit mir. Wir versuchen die Stellung ungesehen zu umgehen und greifen von hinten an. Wir müssen die Flak ausschalten. Egal wie. Am besten sprengen!"

„Wie?", fragte einer der Männer nach.

„Egal! Hauptsache die Flak fliegt in die Luft. Jeder Feuerstoß, den die Iwans abgeben, kann das Leben eines Kameraden kosten!"

Beide Teilgruppen stürmten so schnell wie möglich vorwärts. Die drei Pioniere, die sich vom Flussufer aus näherten, kamen schneller voran als Kastner mit der restlichen Gruppe.

„Wir haben noch fünfzig Meter. Sie haben uns noch nicht bemerkt. Wie sollen wir vorgehen?"

Der Pionier, der an der Straße die ersten russischen Minen ausgegraben hatte, drängte sich vor. „Wenn ich auf zwanzig Meter rankomme, hau ich denen eine geballte Ladung rein. Das müsste auf jeden Fall reichen."

„Den Quader? Das schaffst du nicht!"

„Nein! Mit Handgranaten", erklärte er und zeigte fünf zusammengebundene Stielhandgranaten.

„Sehr gut, Gustav. Wir geben dir Deckung, falls dich der Iwan entdeckt."

„Das hoffe ich doch schwer."

„Sei vorsichtig!"

„Bin ich doch immer", antwortete der Pionier und ging allein weiter. Seine beiden Kameraden legten ihre Karabiner an.

Geduckt und äußerst wendig, bewegte er sich auf den Gegner zu. Schließlich verschmolz er mit dem Boden um sich auf allen Vieren der Flakstellung zu nähern. Mündungsfeuer flackerte an den Zwillingsrohren. Leuchtspurmunition eines Maschinengewehrs war zu sehen.

Sie verraten ihre Stellung, schoss es durch den Kopf des Pioniers.

Die Flak schwenkte tatsächlich herum und gab die nächste Salve ab. Das Maschinengewehr auf deutscher Seite verstummte.

Jede Salve bedeutet ein Kameradenleben, dachte sich der Pionier und umklammerte die geballte Ladung, während er sich Meter für Meter der feindlichen Stellung näherte.

Endlich hatte er Wurfweite erreicht. Er zog die Sicherungsschnüre, stand auf und schleuderte den Sprengkörper in Richtung der Flakstellung. Statt sich wieder hinzulegen, blieb der Pionier stehen und verfolgte gebannt den Flug des Handgranatenbündels.

„Germanski!", brüllte ein Rotarmist im gleichen Moment und feuerte aus seiner Degtjarjow MP auf den deutschen Soldaten. Der Oberkörper des Landsers zuckte bei jedem Treffer. Sekunden später fiel er leblos zu Boden.

Wumm

Die Detonation der geballten Ladung war gewaltig. Das Flak-Geschütz war zerstört. Keiner der Bedienmannschaft hatte überlebt. Ihre zerfetzten Körper wirkten bizarr.

„Mensch, sie haben Heinrich getroffen", stieß einer der zurückgebliebenen Pioniere aus, sprang auf und rannte zu seinem Kameraden. Kastner und die anderen kamen ebenfalls.

„Für ihn kommt jede Hilfe zu spät", sagte Gustav traurig. „Ich habe das Gefühl, dass sich Heinrich für uns geopfert hat."

Die restliche Gruppe kam angelaufen. Kastner sah den gefallenen Pionier. „Sichert die Brücke! Sucht nach Sprengladungen", befahl er.

Der Verlust des Kameraden schmerzte den Unteroffizier, doch der Auftrag stand im Vordergrund. Als seine Männer dem Befehl nachkamen, kniete sich Kastner neben dem Gefallenem ab, öffnete seine Feldbluse und brach die Erkennungsmarke ab. „Warum?", flüsterte er kaum hörbar.

Er nahm die persönlichen Gegenstände aus den Taschen des Gefallenen.

„Ich werde deiner Familie persönlich schreiben. Sie werden dich als Held in Erinnerung behalten. Das verspreche ich dir!"

Rufe holten ihn zurück in die Realität.

„Brücke gesichert, Herr Unteroffizier!"

Erleichtert sahen Hott und Schmidt die Explosion auf der anderen Flussseite. „Das war die Flak", schrie Hott triumphierend. „Die Pioniere haben es geschafft!"

Der Obergefreite sprang auf und stürmte mit neuer Hoffnung wagemutig vorwärts.

„Aaaaan ... griiiiiff", brüllte Unteroffizier Schmidt langgezogen und trieb seine Gruppe weiter dem Feind entgegen.

Sturm jagte eine Salve nach der anderen aus dem MG 34. Dann klackte es.

„Hülsenreißer!", schrie er und ruckte ein wenig zur Seite.

Sofort wechselte Schlier den Lauf. Um seine Hände nicht zu verbrennen, benutzte er zwei Asbestlappen.

Hatte der junge Soldat noch vor einigen Wochen die täglichen Waffenübungen in der Kaserne verflucht, so war er in diesem Moment seinem Ausbilder dankbar. In Windeseile war das Rohr gewechselt.

„Fertig!"

Sofort klemmte sich Josef Sturm wieder hinter das Maschinengewehr. Er spürte den hölzernen Kolben an der Wange, visierte die russischen Stellungen an, achtete darauf, dass seine Kameraden nicht in der Schusslinie waren und zog den Abzugshebel nach hinten.

Rrrrt ... rrrt

Immer wieder strich er über die Brüstungen der Sandsäcke. Mal höher, mal tiefer. Der Feind sollte keine Möglichkeit haben, auf die heranstürmenden Landser zu zielen, geschweige denn zu schießen.

Leutnant Zoller hatte Wurfweite erreicht. Der Offizier hoffte inständig, dass der Werfertrupp den Beschuss einstellte, bevor sie ihre eigenen Kameraden gefährdeten. Als er eine Stielhandgranate fertig machen wollte, begann der Feind damit, sich zurück zu ziehen.

Die aufsteigende Sonne verdrängte die gräulich helle Morgendämmerung. Die Sicht wurde immer besser.

„Sie hauen ab", rief ein Landser.

Zwei Rotarmisten knieten immer noch neben der Brücke und feuerten aus ihren Maschinenpistolen, während fünf andere über die Eisenbahnbrücke auf die andere Seite liefen. Plötzlich stockten sie. Kastner und seine Pioniere eröffneten das Feuer.

„Die Pioniere", stieß Leutnant Zoller aus. „Sie sitzen in der Falle!"

Ein Russe fiel tödlich getroffen gegen die Brüstung und stürzte in den Tim. Die anderen ließen die Waffen fallen und hoben ihre Hände. Die russischen Soldaten hatten die Ausweglosigkeit ihrer Situation erkannt und ergaben sich.

„Feuer einstellen!", befahl Leutnant Zoller.

„Nicht schießen! Feuer einstellen!", wurde wiederholt.

Zoller stand auf. Er hielt seine Maschinenpistole schussbereit in Hüfthöhe und ging langsam auf die russische Stellung zu.

Parallel zu ihm näherte sich die Gruppe von Manni Schmidt. Als die Landser über die Sandsackbrüstung stiegen, sahen sie sieben tote und drei verwundete Rotarmisten.

„Sanitäter", rief Schmidt laut. „Hierher!"

Die Pioniere kamen über die Eisenbahnbrücke, die Gefangenen liefen vor ihnen her.

„Gratuliere, Unteroffizier Kastner. Das haben Sie gut hinbekommen."

„Das war der Verdienst des Pioniergefreiten Heinrich Zimmermann. Er ist gefallen, als er die Flakstellung hochjagte."

Betroffen äußerte Leutnant Zoller sein Mitgefühl. Es ist immer hart, wenn ein Kamerad fiel - das musste der Offizier im Verlauf des Krieges lernen. Feldwebel Dobresch kam hinzu.

„Wie hoch sind Ihre Verluste?", fragte Zoller sofort bei seinem ranghöchsten Unterführer nach. „Haben Sie einen Überblick?"

„Bis jetzt drei Verwundete, Herr Leutnant. Allerdings hat es Melzer schwer erwischt. Der Sani meint, wir müssen ihn sofort zum Feldlazarett zurückbringen, damit er operiert werden kann."

„Einverstanden. Der Nachrichtenmann soll sofort Funkverbindung aufnehmen, damit uns ein Sanitätskraftwagen entgegenkommt. Danach möchte ich Kontakt mit Sommerleins Zug. Ich brauche einen Lageüberblick!"

Während die Anweisungen ausgeführt wurden, erteilte der Zugführer bereits den nächsten Auftrag. „Unsere Fahrzeuge sollen hierher verlegen."

Der Funker nahm mit leicht verzweifelten Blick den Kopfhörer ab. „Ich erwische den Zug von Leutnant Sommerlein nicht."

Besorgnis macht sich breit. Gedanken kreisten.

Was war im Ort geschehen? Geriet der Zug in eine Falle?

„Einer der Kradschützen zu mir. Die erste Gruppe sichert die gegenüberliegende Brückenseite, zweite Gruppe sichert hier. Die dritte Gruppe kümmert sich um die Gefangenen. Gebt ihnen Schaufeln. Sie sollen ihre Gefallenen ordentlich beerdigen! Und auch ein Grab für Zimmermann ausheben."

Zoller sah auf seine Armbanduhr. Es war 5.58 Uhr. Sie befanden sich als Angriffsspitze 20 Kilometer tief im Feindgebiet. Die Offensive schien ein voller Erfolg zu werden. Aber jetzt galt es, die eroberte Brücke zu halten.

„Ihr Einverständnis vorausgesetzt, Herr Leutnant, gehen wir rüber und begraben Zimmermann", hakte Unteroffizier Kastner ein. „Wir würden das gern selbst machen."

Leutnant Zoller wurde aus seinen Gedanken gerissen. „Selbstverständlich", genehmigte der Offizier, „er bekommt auch einen Salut, wenn es soweit ist. Soviel Ehre muss sein!"

Kastner hob die rechte flache Hand an die Kopfbedeckung und schlug die Hacken zusammen. „Jawoll, Herr Leutnant!", bekundete er seinen Respekt beinah etwas theatralisch vor der Entscheidung des Offiziers.

Die Pioniere begaben sich gemeinsam mit der ersten Gruppe zur anderen Flussseite.

Ein Kradschütze meldete sich bei Zoller. „Sie haben mich rufen lassen?"

„Fahren sie vorsichtig die Landstraße entlang, bis sie auf Leutnant Sommerleins Zug treffen. Ich benötige einen Lagebericht."

„Zu Befehl", antwortete der Kradfahrer.

Zwischenzeitlich war es gänzlich hell geworden.

„Ich habe etwas gefunden", plärrte einer der Pioniere wie verrückt. Er war mitten auf der Brücke stehen geblieben.

„Was ist los?", erkundigte sich Kastner, der die andere Flussseite fast erreicht hatte und rannte zurück.

„Dort unten, Wilhelm", zeigte der Pionier auf einen der hölzernen Brückenpfeiler. „Da ist etwas angebracht!"

Kastner stierte nach unten. „Alles runter von der Brücke! Sofort!"

Der Pionierunteroffizier eilte zu Leutnant Zoller. Aufgeregt blieb er vor dem Offizier stehen und deutete zum Fluss. „Ich muss mit dem Schlauchboot näher an den Brückenpfeiler ran. Dort hat der Iwan etwas befestigt und ich gehe schwer davon aus, dass es sich um eine Sprengladung handelt. Ich sehe nur keine Zündkabel."

„Vielleicht waren sie noch nicht fertig?"

„Nein! Ich vermute, dass es sich um einen Fernzünder handelt. Neben den Sprengstoffkästen hängt noch ein Gummisack. Ich gehe jede Wette ein, dass sich darin ein Funkempfänger befindet."

„Verlieren Sie keine Zeit. Wir werden die Gefangenen befragen", entschied Zoller.

Die Rotarmisten waren gerade dabei Gräber für ihre gefallenen Kameraden auszuheben, als sich der deutsche Offizier vor ihnen aufbaute.

„Was wisst ihr über die Sprengladung?", fragte er in deutscher Sprache.

Kopfschütteln und Achselzucken. Verständnislose Blicke.

„Verdammt!", fluchte Zoller. „Wollt oder könnt ihr mich nicht verstehen?"

Kleber bekam den Vorfall mit und ging sofort zu seinem Zugführer. „Herr Leutnant, ich spreche russisch. Sagen Sie mir, was ich die Gefangenen fragen soll."

Zoller erklärte den Sachverhalt und Kleber begann damit, die Russen in ihrer Landessprache zu befragen. Während der sprachgewandte Landser auf die Sowjets einredete, beobachtete der Offizier wie die Pioniere das Schlauchboot zu Wasser ließen. Zwei Pioniere stiegen schließlich zu dem Unteroffizier ins Boot. Langsam rudernd, näherten sie sich dem Brückenpfeiler.

Nachdem Kleber mit der Befragung der Rotarmisten fertig war, rief Zoller. „Herr Leutnant, die Gefangenen geben an, dass sie erst seit zwei Tagen ihren Dienst bei der Brücke verrichten. Die Sprengladung war schon da, als sie kamen. Ihr Unteroffizier ist bei unserem Angriff gefallen, der Offizier der Einheit befindet sich im Ort. Er ist wohl die einzige Person, die nähere Auskunft geben könnte."

„Sind die Angaben glaubhaft?"

„Meiner Meinung nach schon."

„Typisch Rotarmisten. Der kleine Soldat hat keine Ahnung, der Offizier ist nicht bei der Truppe. Wie wollen die denn den Krieg gewinnen?"

„Herr Leutnant ...", riefen die Pioniere, „... es handelt sich um eine Sprengladung mit Fernzünder."

Zoller rannte zum Flussufer. „Können Sie die Sprengladung entschärfen?"

„Ich hoffe es. Das ist ein F-10 Gerät. Im Gummisack befindet sich ein russischer 8-Röhren-Funkempfänger. Der Gummisack selbst war mit einem Zugzünder extra gesichert. Dort unten hängen 25 Kilo Sprengstoff dran. Ich schätze, die Ladung kann über eine Entfernung von weit mehr als hundert Kilometer gesprengt werden", erklärte der Pionier.

Zoller wurde blass. Die Eisenbahnbrücke war enorm wichtig für den Nachschub. Es würde möglicherweise Wochen dauern, bis Eisenbahnpioniere eine neue Brücke errichtet hätten. Das könnte Probleme mit der Truppenversorgung bedeuten, was sich garantiert negativ auf die Offensive auswirkt. „Sie müssen sie entschärfen, Kastner!"

„Als erstes müssen wir die Antenne finden. Sie muss mehrere Meter lang sein. Wenn wir die kürzen, verringert sich die Funkreichweite."

„Brauchen Sie mehr Männer?"

„Danke, Herr Leutnant, aber das sollen meine Pioniere allein machen. Sie haben das geschulte Auge dafür."

Die restlichen Pioniere kamen zur Brücke. Jeder wurde bezüglich des Sachverhalts instruiert. Anschließend verteilten sie sich und gingen auf die Suche nach der versteckten Antenne.

Kastner sah sich inzwischen die Zuleitungen an. Sein Blick folgte ihnen bis zu den Sprengstoffkästen und wanderte langsam wieder zurück. Danach suchte er Zentimeter für Zentimeter rund um den Gummisack ab. Er überflog eine kleine Kerbe im Brückenpfeiler, dann ging sein Blick zurück. „Kannst du mit dem Schlauchboot einen halben Meter weiter vor rudern?"

Ein Pionier paddelte.

„Halt! So ist es gut", sagte Kastner und zog sein Wehrmachtstaschenmesser aus der Hosentasche. Er klappte die Klinge aus und stocherte vorsichtig an der kleinen Kerbe im Holz herum.

„Brösel", entfuhr es ihm, als Sägemehl aus der Kerbe im Holz herausfiel. „Sie haben die Antenne im Brückenpfeiler eingebaut und mit Sägemehl den Spalt wieder verstopft!"

Schnell legte der Pionier ungefähr zwanzig Zentimeter der Antenne frei. Dann steckte er das Taschenmesser ein und zog sein Bajonett heraus. Links und rechts der Antenne hebelte er Holz heraus und stemmte die Holzspreißel weg. Auf einer Breite von etwa zehn Zentimetern hatte er die Antenne frei gelegt.

„Du kannst mir die große Beißzange geben. Ich zwicke die Antenne ab, dann haben wir erst mal unsere Ruhe", sagte er zu seinen Kameraden im Boot.

Kurz darauf setzte Kastner die Zange an und zwickte die Drahtantenne an zwei Stellen durch. Stolz hob er acht Zentimeter Draht nach oben.

„Das dürfte es mit der Fernzündung gewesen sein! Ohne Antenne, kein Kontakt!"

Zoller fiel ein Stein von Herzen. „Kastner, Sie sind ein Teufelskerl", rief er ihm zu.

„Immer mit der Ruhe, jetzt muss ich erst noch die Sprengladungen von den Zündkabeln befreien. Wenn ich hier Bockmist baue, fliegt uns die Brücke doch noch um die Ohren."

Die Gefahr war also immer noch nicht gebannt. Schweiß stand auf der Stirn des Pionierunteroffiziers. Vorsichtig entfernte er den Zugzünder vom Gummisack. Nachdem ihm das gelungen war, öffnete er behutsam den Sack.

„Meine Vermutung stimmt. Hier ist die Batterie! Alles schön trocken gelagert! Ich muss jetzt nur noch den Zündstecker finden", teilte er den anderen Pionieren mit.

„Beeil dich, es ist gar nicht so einfach, das Schlauchboot ruhig im Wasser zu halten", kam prompt die Antwort.

Kastner zog wieder sein Taschenmesser hervor und schnitt den Gummisack an der Seite ein Stück auf. Geschickt klappte er die Klinge des Taschenmessers mit einer Hand wieder ein und ließ es abermals in seiner Hosentasche verschwinden. Ein Routinegriff ans Koppel und aus einer Ledertasche zog der Unteroffizier eine kleine Zange. Vorsichtig schob er sie durch die Öffnung im Gummisack.

„Mal sehen, ob ich ...", flüsterte er leise, um einen Moment später sofort zu jubilieren. „... ja, ich hab ihn auf Anhieb erwischt!"

Die Sonne stieg höher. Am Horizont war dichter, schwarzer Qualm zu erkennen. Besorgt sah Leutnant Zoller in Richtung der Rauchschwaden. Kleber stand immer noch bei dem Offizier.

„Fragen Sie die Gefangenen, wie viele Soldaten im Ort stationiert sind", ordnete Zoller an.

Kleber nickte und ging zurück zu den Russen. Sie hatten ihre toten Kameraden in die ausgehobenen Gruben gelegt und waren dabei, die Gräber zuzuschaufeln. Der Landser sah, dass die Arbeiten nicht mehr lange dauern würden und wartete einen Moment. Soviel Respekt räumte er ihnen ein. Als die letzte Schaufel zur Seite gelegt wurde, sprach er die Gefangenen an.

„Das wäre geschafft", freute sich Kastner. „Für einen Moment dachte ich, es klappt nicht."

Noch vor wenigen Minuten standen Schweißperlen auf der Stirn des Pioniers. Er hatte sie mit einem Taschentuch abgewischt. Die Erleichterung war ihm deutlich anzusehen. Die Sprengladungen und der Gummisack wurden ins Boot gehievt und ans Ufer gebracht. Die Pioniere stiegen aus dem Schlauchboot und trugen die nicht alltägliche Sprengladung zu Leutnant Zoller. Stolz zeigte Kastner die entschärfte Ladung.

„Dieser Röhrenempfänger ist äußerst selten. Ich habe zwar gehört, dass die Russen so etwas verwenden, aber bisher noch nie einen gesehen. Ich schätze, das Oberkommando wird daran interessiert sein!"

Zoller betrachtete neugierig die Beute der Pioniere.

„Wenn das Teil hier so selten ist, wieso haben Sie dann soviel über diese Art von Zündung gewusst, Kastner?"

„Sie meinen die Fernzündung?"

„Ja, richtig. Aber vor allem die Einzelheit, wie das mit dem Empfänger und der Antenne funktioniert."

„Ich bin im Zivilberuf Sprengmeister, Herr Leutnant. Das hier war mein täglich Brot, wie es so schön heißt."

Der Zugführer war sichtlich zufrieden. „Ohne Sie wäre diese Offensive nicht so erfolgreich verlaufen, Kastner. Ich verspreche Ihnen, dass ich Sie für eine Auszeichnung vorschlagen werde."

„Danke, Herr Leutnant."

Kleber kam ganz aufgeregt zu Zoller. „Die gefangenen Russen berichten, dass im Ort eine ganze Kompanie sitzt, Herr Leutnant."
„Schwere Waffen?"
„Vier Panzer!"
„Wieso gerade vier?"
„Die Werkstatthallen sind beim Bahnhof. Einer der gefangenen Rotarmisten hat einen Kameraden, der in der Werkstattkompanie arbeitet. Von ihm weiß er, dass vier T 34 so gut wie fertig sind. Die Besatzung ist schon da und wartet auf die Übernahme der Panzer."
„Was sagte er sonst noch?"
„Neben den Männern von der Werkstatttruppe sind auch reguläre Infanteristen im Ort."
„Wie viele?"
„Das wissen sie nicht genau, aber insgesamt müsste die Kampfstärke einer Kompanie vorhanden sein."
„Danke, gute Arbeit."

Die von den Russen angelegte und verteidigte Stellung rund um die Eisenbahnbrücke, wurde jetzt von den Landsern des *III./G.D. 2* besetzt.

„Hinter den Sandsäcken hier fühlt man sich schon sicherer als draußen im hohen Gras", lachte Schlier und öffnete seinen Brotbeutel.

„Das hat der Iwan auch gedacht", grinste Sturm und sah Schlier in die Augen.

„Mist, aus der Sicht habe ich es noch gar nicht betrachtet. Wir haben den Iwan hier rausgehauen, das heißt im Umkehrschluss, dass man uns auch hier raushauen kann, oder?"

„Das sehe ich nicht so, denn entgegen den Russen, haben wir in jeder Richtung einen Vorposten sitzen", mischte sich Schmidt ein und wollte Schlier beruhigen, der durch Sturms Beitrag sichtlich nervös geworden war.

„Was Manni sagt, stimmt. Lasst euch nicht ins Bockshorn jagen und grübelt nicht darüber nach, was wäre wenn", wies Hott seine Kameraden zurecht. „Es war eine lange Nacht. Ich schlage vor, wir genießen die Ruhe, bevor es weitergeht."

Schmidt setzte sich und lehnte sich an den Sandsäcken der Barriere an. Der Unteroffizier kramte eine Zigarette hervor und steckte sie in den Mund.

„Warte mal", sagte Kleber, „Ich habe den Russen vorhin, als ich übersetzte, Zigaretten angeboten. Sozusagen um das Eis zwischen uns ein wenig zu brechen. Ich bekam im Gegenzug von ihnen zwei fertig gedrehte Zigaretten mit *Machorka*. Sollen wir die mal ausprobieren?"

„Machorka ist ein Teufelszeug", schimpfte Hott, der schon mit dem russischen Tabak Bekanntschaft gemacht hatte. „Die Russen schneiden in ihren Bauerntabak sogar Blattstiele und Holzspäne mit rein. Diesen *Stalinhäksel* tauschst du besser nicht mehr gegen unsere guten Zigaretten."

„Danke für den Hinweis, aber ich habe schon so viel über diesen Tabak gehört, ich muss ihn einfach mal ausprobieren."

Manfred Schmidt steckte seine Zigarette wieder zurück in die Schachtel. „Ich habe schon lange keinen Machorka mehr geraucht. Immer her mit dem Zeug", lachte der Gruppenführer.

Kleber gab Schmidt eine der Zigaretten und setzte sich neben ihn auf den Boden. Der Unteroffizier hielt sein Sturmfeuerzeug bereits in der Hand. Als Kleber bequem saß, zündeten sie Zigaretten an. Schmidt inhalierte lediglich den halben Zug und paffte die andere Hälfte aus. Obwohl er starker Raucher war, musste der Gruppenführer ein aufkommendes Husten unterdrücken. „Hab wohl vergessen, wie stark das Zeug ist", quälte er hervor und nahm gleich noch einen Zug.

Diesmal sog er den Rauch tief in die Lungen, um ihn danach genüsslich in die Luft zu pusten. „Schon besser. Langsam gewöhnt man sich wieder daran. Was sagst du, Kleber?"

Manfred Schmidt erhielt keine Antwort. Stattdessen erntete er ein Hustenkonzert. „O Mann ...", keuchte Kleber hervor, „... das ... das ist ja reinster ... Mord."

Er hustete noch ein paarmal kräftig, dann räusperte er sich. Mit leicht belegter Stimme fragte er: „Wie machen die Russen das nur? Das Zeug kann doch keiner rauchen!"

Der Soldat hielt die Zigarette in der Hand und wusste scheinbar nicht, was er damit machen sollte. Er sah zu seinem Gruppenführer, der genießerisch zum dritten Zug angesetzt hatte und seine Mundwinkel zu einem Grinsen verzog. „Danke für die Einladung. Die Machorka ist wirklich ein Genuss ohne Ende."

Kleber wollte dem Unteroffizier in Nichts nachstehen und steckte die Zigarette für einen zweiten Zug in den Mund. Er sog, inhalierte den Rauch und wurde kreidebleich. Mit dem Ausatmen des Qualms stand der junge Landser auf und wankte aus der Sandsackstellung hinaus.

„Mir ist schlecht", brachte er noch hervor, dann ging Kleber Richtung Flussufer weg.

Alles lachte.

„Ich weiß gar nicht, was er hat", sagte Manfred Schmidt und rauchte zu Ende.

Als Kleber wieder zurückkam, war er darauf eingestellt, von seinen Kameraden verhöhnt zu werden, doch niemand war daran interessiert, ihn auf den Arm zu nehmen. Jeder Raucher dachte an seine eigenen ersten Machorka-Erfahrungen.

Die meisten Landser nutzten die Pause zum Essen. Sie hatten sich zu Zweier- oder Dreiergruppen zusammengesetzt und Brot sowie Wurstdosen ausgepackt.

„Du bist zwar noch ein bisschen blass um die Nase, aber für dein erstes Erlebnis mit Machorka hast du dich tapfer gehalten", bemerkte Höllerich. „Setz dich her, Franz. Du siehst aus, als ob du keine ganze Büchse verdrücken kannst. Und da mir auch ´ne halbe Dose Leberwurst reicht, teile ich mit dir. Ist das ein Wort?"

Kleber bekam langsam wieder Farbe ins Gesicht.

„Das Angebot nehme ich gerne an. Dafür spendiere ich die Scheibe Brot zu deiner Wurst", fügte er hinzu und griff in seinen Brotbeutel.

Nachdem die Kradschützen Rollmann und Decker von Leutnant Zoller angewiesen wurden, die Lage zwischen der Eisenbahnbrücke und Leutnants Sommerleins Zug zu erkunden, zurrte Rollmann, der auch Fahrer des Zündapp KS 750-Gespannes war, den Riemen seines Stahlhelms fester.

Decker stieg in den Beiwagen und nickte. „Alles klar!"

Rollmann startete den Motor und fuhr los. Die Landstraße war alles andere als normal befahrbar. Rollmann fluchte bereits nach den ersten zweihundert Metern.

„Da war es bequemer, querfeldein zu fahren. Diese russischen Landstraßen sind doch nichts anderes, als breite Feldwege und sehen aus, als wären sie ein Handgranaten-Übungsgelände, mit all den Schlaglöchern. Wenn es regnet, kommst du aus diesen Matschlöchern nicht mehr raus. Weder vorwärts, noch rückwärts. Das garantiere ich dir."

„Mich nervt der Staub noch viel mehr", rief ihm Decker laut zu, der bemüht war, das Motorengeräusch zu übertönen.

Die Strecke war kurvenreich, die Straße durchwegs mit Steinen und Schlaglöchern übersät, weshalb sie nur langsam voran kamen.

„Gut, dass das Land flach ist, man sieht weiter."

„Und noch besser, dass hier kein Wald ist. Davor habe ich unheimlich Respekt. In jedem kleinen Dickicht hockt doch der Iwan!"

„Decker, du solltest nicht immer so pessimistisch sein."

Rollmann fuhr erst durch ein Schlagloch, dann über einen größeren Stein. Decker wurde fast aus dem Beiwagen geschleudert und konnte sich gerade noch festhalten. „Jetzt pass besser auf!", schimpfte er. „Ich habe jetzt schon tausend blaue Flecken."

Während sich der Fahrer auf die Strecke konzentrierte, beobachtete der Mann im Beiwagen die Umgebung. Schon nach wenigen Kilometern hörten sie Schüsse. Rollmann stoppte. „Was machen wir?"

Decker machte lediglich eine Handbewegung nach vorn. Rollmann legte daraufhin einen Gang ein und fuhr langsam weiter.

„Es ist nicht mehr weit."

„Und es klingt so, als sei ein Kampf zu Ende. Der Schusswechsel flacht ab."

Als sie über die nächste Anhöhe fuhren, entdeckte Decker Rauchwolken. „Sieh mal dort", sagte er und zeigte nach links. Schwarze, aufsteigender Qualm war zu sehen.

„Das qualmt richtig dunkel. Sieht aus, als ob Motoröl verbrennt. Fragt sich nur noch, ob es unser Öl oder das der Iwans ist."

„Ich riskiere noch eine Höhe, dann steigen wir ab und sehen, ob wir nicht besser zu Fuß weitergehen."

„Es hieß, wir sollen einen Lageüberblick verschaffen, nicht den Zug von Leutnant Sommerlein raushauen!"

„Decker, wenn die Kameraden Hilfe brauchen, müssen wir etwas machen."

„Ganz klar. Wir fahren zurück und holen Hilfe."

„Ich würde sagen, wir verschaffen uns zuerst einen Überblick und entscheiden dann. Es wäre zu peinlich, wenn Sommerlein die Russen in die Flucht schlägt und wir rücken mit der Kavallerie an, um ihn zu unterstützen."

„Na gut, einverstanden."

Rollmann legte den Gang ein und ließ die Kupplung kommen. Langsam rollte das Gespann durch die nächste Senke und wieder nach oben. Rollmann bremste ab, blieb aber nicht stehen. Decker sah durch ein Fernglas und versuchte etwas zu erkennen.

„Halt!", stieß er plötzlich aus.
Sofort blieb der Fahrer stehen. „Was ist?", fragte er erschrocken.
„Rechts vorne, dort wo es qualmt", begann er.
„Sehe ich", fuhr Rollmann dazwischen.
„Das ist einer unserer Lastwagen. Weiter vorn, wo der Rauch noch schwärzer ist, brennt ein russischer Panzer."
„Siehst du unsere Kameraden?"
„Ja …", nickte er, „… ein Lastwagen kommt direkt auf uns zugerollt. Er fährt ziemlich langsam."
Nur wenig später sah Rollmann die kleine Staubfahne, die der Opel Blitz aufwirbelte. Die Kradschützen entschlossen sich zu warten. Der Fahrer des Lkw konnte sicherlich mehr berichten. Als der Lastwagen auf Höhe des Krades ankam, hielt der Fahrer und kurbelte die Scheibe herunter.
„Wie sieht die Lage bei euch aus?", fragte er. Der Landser schien zu wissen, woher die beiden Kradschützen kamen.
„Wir haben die Eisenbahnbrücke eingenommen. Und bei euch?"
„Wir hatten Feindkontakt. Ein russischer Panzer und eine Gruppe Rotarmisten haben unseren Weg gekreuzt. Es hat einen kurzen Kampf gegeben. Der T 34 hat einen Mannschaftswagen abgeschossen, dann konnten wir ihn knacken. Aber wir haben drei Tote und acht Verwundete zu beklagen. Die armen Kerle liegen hinten drauf. Sommerlein sagte, ich soll zu euch fahren. Er hatte Bedenken, dass noch mehr Russen unterwegs sind und sich zwischen uns und dem Bataillon befinden. Deshalb ordnete er an, die Verwundeten zu euch zu bringen."
„Warum denn?"
„Weil das Bataillon ohnehin so schnell wie möglich zur Brücke vorrückt."
„Naja, das muss ich jetzt nicht verstehen, oder?", schüttelte Rollmann den Kopf.
„Fahr weiter! Warum hältst du an? Ich muss so schnell wie möglich wieder zurück", plärrte eine Stimme von der Ladefläche des Opel Blitz nach vorn.
„Der Sanitäter schimpft. Er hat es eilig! Ich muss weiter."
„Wir sollten die Lage aufklären. Wenn du zur Brücke fährst, gib doch bitte Leutnant Zoller einen kurzen Bericht und sage, dass wir weitergefahren sind. Wir sehen zu, dass wir uns bei Leutnant Sommerlein melden. Wo ist der eigentlich gerade?"

„Unser Zug macht die Ortszufahrten dicht. Das Dorf ist nicht so groß, hat aber einen Bahnhof. Ein Russe hat uns berichtet, dass noch ein paar Panzer und eine Kompanie Infanteristen im Dorf sitzen sollen. Angeblich eine Werkstattkompanie."

„Wissen wir schon. Kamerad, was ist eigentlich mit eurem Nachrichtenmann los? Wir können euch über Funk nicht erreichen."

„Kein Wunder. Das Funkgerät erhielt einen Volltreffer."

„Jetzt fahr endlich weiter!", beschwerte sich der Sanitäter, woraufhin der Fahrer des Lastwagen das Fenster hochkurbelte und Gas gab. Eine lange Staubwolke hinter sich herziehend, verschwand der Opel Blitz in der Senke.

„Warum fahren wir jetzt nicht mit ihm zurück?", wollte Decker wissen.

„Weil wir einen Auftrag haben und den auch ausführen. Wir können Leutnant Zoller nur berichten, was wir selbst gesehen haben."

„Ich vertrete zwar die Meinung, dass wir genug erfahren haben, aber mach doch, was du willst. Du bist Obergefreiter und ich einfacher Schütze. Du hast die Verantwortung", schimpfte Decker, dem das weitere Vorrücken nicht passte.

„Eben", sagte Rollmann, kuppelte und legte den ersten Gang ein.

Der Motor jaulte auf und die NSU mit Beiwagen rollte weiter. Nach kurzer Fahrzeit sah Rollmann den Sammelplatz der Lastwagen. Der Motorradfahrer schwenkte den Lenker ein, verlagerte sein Gewicht in Richtung Seitenwagen, um das Gespann nicht zum Kippen zu bringen und gab für das letzte Stück noch einmal Vollgas. Sie hielten auf eine Gruppe Landser zu, die bei den Fahrzeugen standen. Rollmann nahm schließlich das Gas weg und rollte langsam aus.

Neugierig begrüßte sie ein älterer Obergefreiter. „Guten Morgen! Was treibt euch denn zu uns her?"

„Guten Morgen, Kameraden. Wir sind vom Zug Zoller. Weil die Funkverbindung zu euch abgebrochen ist, hat uns unser Chef hergeschickt. Er möchte ein Lagebild."

„Seid ihr nicht auf unseren Lastwagen mit den Verwundeten gestoßen?"

„Doch …", bestätigte Rollmann, „… aber der Sani hatte es eilig. Da konnten wir nicht stundenlang reden."

„Typisch Heini", lachte der Obergefreite. „Heinrich Müller ist da eigen. Aber er ist ein erstklassiger Sanitäter. Also, was wollt ihr wissen?"

„Was passiert ist und wie die Lage aussieht."

„Kann ich dir schnell erzählen."

Der Obergefreite griff in die Hosentasche, holte eine kleine Dose mit Schnupftabak heraus und streute eine Prise auf seine linke Hand. Dann ließ er die Tabaksdose blitzschnell wieder in der Hosentasche verschwinden, schob die Hand mit dem Schnupftabak unter die Nase und schniefte alles ein. Rollmann wartete auf ein Niesen, doch der Obergefreite schnaufte nur kräftig durch und stieß ein genüssliches: „Ahhh", aus. „Als wir vorrückten, sahen wir eine Gruppe, vielleicht auch zwei, die hinter einem T 34 marschierten. Zielrichtung war die Eisenbahnbrücke, die ihr eingenommen habt. Wir haben angegriffen. Der T 34 schoss einen unserer Lastwagen ab. Wir hatten Glück. Als der russische Panzer stehen blieb und feuerte, hatte er sich die falsche Örtlichkeit ausgesucht. Ein paar Pioniere lagen nur wenige Meter von ihm entfernt in Deckung. Sie haben ihn mit ihren Sprengmitteln geknackt. Die russischen Infanteristen haben sich dann schnell ergeben. Das heißt, einigen von denen gelang die Flucht. Sie rannten in alle möglichen Richtungen davon."

„Und die Ortschaft?"

„Einer der gefangenen Rotarmisten erzählte uns dann, dass dort vorn noch mehr Panzer sind. Die russische Werkstattkompanie hat sich dort niedergelassen, weil das Dorf über einen Verladebahnhof verfügt. Hier kommt der Nachschub an und wird verteilt. Leutnant Sommerlein rückt gerade vor. Er hofft, dass er die Ortschaft einnehmen kann, bevor die Panzer repariert und gefechtsbereit sind und uns möglicherweise angreifen."

„Ist das nicht ein bisschen gewagt, wenn er nur in Zugstärke vorrückt?"

„Hat ihn Oberfeldwebel Lehmann auch gefragt, aber Sommerlein meinte, wir müssen zuerst alle Zugänge zur Ortschaft dicht machen. Er hofft, dass das restliche Bataillon in Kürze erscheint."

Die Kradschützen waren mit den erlangten Kenntnissen zufrieden.

„Dann fahren wir mal zurück zur Brücke und erstatten Leutnant Zoller Bericht."

Den Abschiedsgruß des Obergefreiten hörten Rollmann und Decker nicht mehr. Rollmann hatte die NSU schon gestartet und war nach einer schnellen Wendung bereits losgefahren. Kopfschüttelnd blieb der Lastwagenfahrer zurück.

„Diese Kradschützen brauchen immer Wind im Gesicht. Wenn die Nase mal trocken ist, werden die wohl nervös", stieß er aus.

Zustimmend nickten seine Kameraden.

Diesmal fuhr Rollmann noch schneller. Aufgewirbelter Straßenstaub bedeckte Maschine und Soldaten. Decker klammerte sich am Beiwagen fest. Er verfluchte den Moment, als er auf Rollmann hörte und ohne Kradmantel losgefahren war. „Es wird uns zu heiß werden. Heute knallt die Sonne runter", hatte dieser gesagt. Jetzt würde der Mantel ein Helfer gegen den Staub sein. Er fehlte.

In jeder Kurve achtete Decker peinlich genau auf den Gewichtsausgleich. Ein Unfall mit dieser Geschwindigkeit konnte verheerende Folgen haben. Als in einer Linkskurve der Beiwagen kurzzeitig vom Boden abhob und Decker nur mit äußerster Mühe ein Umkippen der NSU verhindern konnte, platzte ihm der Kragen.

„Rollmann, du Narr! Es nützt uns nichts, wenn wir gar nicht ankommen. Pass auf, dass wir keinen Unfall haben! Wenn du zu nervös zum Fahren bist, setz ich mich hinter den Lenker!"

Rollmann fuhr ab diesem Moment vorsichtiger. „Schon gut! Hinter der nächsten Kurve kommt die Zielgerade zur Brücke", rief er Decker zu. „Das letzte Stück wirst du doch wohl noch aushalten, oder?"

Decker schwieg. Für ihn stand fest, dass er die nächsten Male selbst fahren würde. Sollte sich doch Rollmann in den Beiwagen setzen und der waghalsigen Fahrerei ausgesetzt sein.

Sie preschten in eine steile Kurve und bemerkten ca. fünfzig Meter vor ihnen ein paar am Straßenrand entlang marschierende Landser. Die Maschine wurde wieder beschleunigt. Die Landser hörten das Motorengeräusch, drehten sich um, erkannten die Kradschützen und begannen wild und hektisch zu winken.

„Gas weg!", schrie Decker.

Zeitgleich bremste Rollmann scharf ab. Er sah ein paar gelbe Fähnchen im Boden stecken. Geistesgegenwärtig riss der Kradfahrer den Lenker herum und wich auf die Grünfläche aus. Das Gespann preschte durch hohes Gras und unebenes Gelände. Obwohl Rollmann das Spiel zwischen Kupplung, Bremse und Gas bestens beherrschte, war die Geschwindigkeit für das Ausweichmanöver zu hoch. Die NSU begann zu schlingern. Der Kradfahrer kuppelte, schaltete abermals herunter und versuchte das Motorrad in den Griff zu bekommen, doch es war zu spät. Die Maschine bekam seitlich Übergewicht und kippte.

Rollmann wurde vom Fahrersitz geschleudert und blieb nach einem unfreiwilligen Salto durch die Luft und harter Landung auf dem Rücken liegen. Decker hob es aus dem Beiwagen. Auch er überschlug sich mehrfach, bevor er mit schmerzverzogenem Gesicht im Gras liegen blieb.

Ehe die beiden Kradschützen sich ihrer Lage bewusst waren und sich aufrichten konnten, waren die Landser zu ihnen gelaufen. Rollmann setzte sich hin. Er war kreidebleich.

„Ihr Wahnsinnigen …", waren seine ersten Worte, „… ihr habt die Straße vermint und wir wären beinahe reingerauscht!"

„Du bist wie ein Rennfahrer um die Kurve geschossen. Selbst, wenn wir nur eine einzige Druckschiene gelegt hätten, wir hätten gar keine Zeit gehabt, sie auf Seite zu ziehen, so schnell warst du", entgegnete einer der Pioniere.

„Ihr wisst doch, dass wir dort draußen sind. Vor uns muss ein Lastwagen vom anderen Zug hier durchgefahren sein. Ihr seid Spinner! Wie kann man eine Straße verminen, die wir selbst benutzen?", kam Rollmann so richtig in Rage.

„Jetzt hältst du am besten die Luft an, Kamerad. Wir befinden uns hier 20 km hinter der ursprünglichen HKL. Wir haben in Zugstärke eine wichtige Eisenbahnbrücke besetzt und müssen sie gegen feindliche Angriffe schützen. Diese Brücke ist äußerst wichtig für unseren späteren Nachschub. Dort hinten, in der Ortschaft mit dem Verladebahnhof, sitzt der Iwan mit Panzern. Wir müssen die Straße verminen, ob es dir passt oder nicht!"

„Rollmann, du bist ein Idiot. Mein Bein ist gebrochen", brüllte Decker, der immer noch auf dem Boden lag. Sein Gesicht war schmerzverzogen. „Holt doch endlich mal einen Sani her! Er muss mein Bein schienen! Verdammt, tut das weh!"

Rollmann stand auf. Langsam wich die Blässe in seinem Gesicht einer gesunden Röte. „Decker, es tut mir leid. Ich habe die Minen zu spät gesehen."

„Schon gut! Lieber ist mein Bein gebrochen, als dass wir über 'ne Tellermine gefahren wären. Lieber mit Gips herumhumpeln, statt mit Flügeln als Englein herum zu segeln!"

Die Pioniere halfen Rollmann und stellten das Gespann wieder auf.

„Ein paar kleine Verbiegungen, aber die kriege ich wieder hin. Dazu brauche ich keine Werkstatt", sagte der Kradschütze zufrieden und sah zu Decker. „Ich beeile mich und schick dir sofort den Sani und einen Lastwagen. Es kann nicht mehr lange dauern, bis das Bataillon nachgerückt ist. Dann bauen die sicher schnell das Feldlazarett auf."

Einer der Pioniere klopfte Rollmann auf die Schulter. „Rede nicht zu viel. Fahr los!"

„Das hört sich gar nicht gut an", beurteilte Leutnant Zoller den Bericht des Kradschützen. „So klein ist dieses Nest auch wieder nicht, dass Sommerleins Zug ausreicht um es zu umstellen."

„Wir müssen Leutnant Sommerlein unterstützen!"

„Und die Brücke?", warf Feldwebel Dobresch ein. „Wir dürfen kein Risiko eingehen, Herr Leutnant."

„Der Minengürtel ist gezogen. Um die Sandsackstellungen ausreichend zu besetzen und die Bewachung der Rotarmisten zu gewährleisten, genügen zwei Gruppen."

„Was ist, wenn der Feind nicht von hinten, sondern von vorn angreift?", gab der Feldwebel zu bedenken.

„Dann haben wir ein Problem, aber das müssen wir riskieren, denn wenn es uns gelingt, gemeinsam mit Leutnant Sommerleins Zug, die Ortschaft mitsamt des intakten Verladebahnhofs einzunehmen, wäre das für die weitere Offensive eine strategische und taktische Meisterlösung!"

„Da stimme ich Ihnen voll und ganz zu, Herr Leutnant."

Zoller griff an den Riemen seines Stahlhelms und zurrte ihn fest. „Die Gruppe von Unteroffizier Schmidt soll sich fertigmachen. Ebenso die Pioniere!", befahl der Offizier und wandte sich seinem Nachrichter zu. „Versuchen Sie die Kompanie oder das Bataillon zu erreichen. Ich möchte wissen, wann sie hier sind. Wenn sie den Kompaniechef erwischen, möchte ich gern selbst mit ihm sprechen."

„Sofort, Herr Leutnant", antwortete der Nachrichtenmann und klemmte sich hinters Funkgerät.

Zoller prüfte indessen seine Ausrüstung und wartete auf die beiden Gruppenführer Schmidt und Kastner. Der Offizier bemerkte, dass Rollmann etwas abseits neben der NSU kniete und gerade ein paar Teile abbaute.

„Ist viel kaputt?", fragte er.

„War 'ne blöde Sache vorhin, Herr Leutnant. Mir tut das mit Deckers Beinbruch auch ziemlich leid."

„Schon gut, Rollmann. Unfälle passieren immer unabsichtlich. Schlimmer wäre es gewesen, wenn Sie über unsere eigenen Minen gefahren wären."

„Da haben Sie auch wieder Recht, Herr Leutnant. Aber ich schätze, ich werde Decker bei der nächsten Marketenderwarenausgabe mal was abgeben."

Zoller lachte. „Das überlasse ich ganz allein Ihnen."

Karl Pickel, der zweite Kradschütze, der dem Zug des Leutnants zugeordnet war, kam angefahren und blieb neben Rollmann stehen. Erst grüßte er Leutnant Zoller, dann sprach er Rollmann an. „Hast noch mal Schwein gehabt, was?", grinste er und schob seine Staubbrille nach oben.

„Das kann man sagen."

„Und die NSU? Hat es sie böse erwischt?"

„Geht so. In zwei Stunden ist sie wieder fahrbereit."

„Gut, dass sie da sind", sagte Zoller zu dem gerade angekommenen Kradschützen. „Sie werden die Vorhut übernehmen. Erkunden Sie, wo wir am besten unsere Fahrzeuge abstellen und wo sich Leutnant Sommerlein befindet."

„Zu Befehl, Herr Leutnant", bellte der Kradschütze förmlich heraus und setzte seine Staubbrille wieder auf. „Ich nehme nur schnell meinen zweiten Mann auf", teilte er mit.

Mit einem lauten *Klack* legte der Kradfahrer den ersten Gang ein und mit lockerer Drehung aus dem rechten Handgelenk gab der Landser Gas. Das Gespann rollte los.

Kastner und Schmidt kamen gleichzeitig angelaufen.

„Meine Gruppe ist aufgesessen und abmarschbereit, Herr Leutnant", meldete Manfred Schmidt.

„Soll meine ganze Gruppe am Angriff teilnehmen oder soll ich ein oder zwei Männer hier lassen?", wollte Wilhelm Kastner wissen.

„Weshalb?", fragte der Offizier.

„War nur ein Gedanke. Oftmals ist man dankbar, wenn ein Pionier bei einer Brücke ist."

„Vergessen Sie es, Unteroffizier. Wir müssen sofort Leutnant Sommerlein unterstützen. Ihr SPW ist mit dem Wurfrahmen äußerst wichtig. Wir werden jeden Mann brauchen. Haben Sie noch genügend Wurfkörper dabei?"

„Ein paar Kisten sind schon noch da, Herr Leutnant."

„Das höre ich gern. Aufsitzen, Abmarsch! Eine letzte Einsatzbesprechung erfolgt vor Ort!"

Leutnant Zollers Kübelwagen setzte sich an die Spitze. Gefolgt wurde er vom SPW der Pioniere und dem Lastwagen mit Manfred Schmidts Gruppe.

Auch während der Fahrt setzte der Nachrichter immer wieder einen Funkspruch ab. Leutnant Zoller hatte die Hoffnung schon aufgegeben, den Kompanieführer zu erreichen, als er aus dem Heck des Kübel ein: „Ich hab´ ihn", hörte.

„Schnell, geben Sie mir den Feldfunksprecher", sagte der Offizier, langte nach hinten und nahm das Gerät entgegen. „Hauptmann Bergmeister, hier spricht Leutnant Zoller."

Schnell wurde dem Kompanieführer die neue Lage mitgeteilt. Zollers Strategie wurden von Hauptmann Bergmeister mitgetragen. Die Einnahme des Rangierbahnhofs sollte, wie die Besetzung der Eisenbahnbrücke, höchste Priorität erhalten.

„Ich werde mit der restlichen Kompanie zum Tim vorstoßen und gleichzeitig vom Bataillon zusätzlich Verstärkung anfordern. Greifen Sie an und nehmen Sie diese Ortschaft ein! Wie war doch gleich der Name?"

„Ptroweskinesh, Herr Hauptmann. So hat es uns zumindest ein russischer Gefangener gesagt. Der Name der Ortschaft ist unaussprechlich und in der Landkarte ist das Dorf nicht eingetragen."

„Dann war das schon immer ein Knotenpunkt der Roten Armee. Sie haben diese Ortschaft einfach von den Landkarten gestrichen. Viel Glück, Ende."

„Ende", wiederholte Leutnant Zoller.

Manfred Schmidt tat das, was er immer machte, wenn er sich auf etwas konzentrierte. Er rauchte.

„Du wirkst nervös, Manni", sprach ihn Georg Hott an.

Sorgenfalten waren an der Stirn des Unteroffiziers zu sehen. „Mir gefällt die Ausgangslage nicht. Diesmal weiß der Iwan, dass wir kommen. Der Überraschungsmoment fehlt uns."

„Du glaubst, wir rennen ins offene Messer? Vergiss nicht, dass die Kameraden von Sommerleins Zug den Russen schon im Nacken sitzen."

„Genau das ist es, Georg. Wir haben keine Aufklärung. Der Feind sitzt womöglich in Häusern und ausgebauten Stellungen, verfügt über Panzer und weiß Gott über was noch alles. Und wir greifen ihn nur mit Infanterie an."

„Gemeinsam mit den Pionieren. Denk an die Wurfrahmen am SPW."

Unteroffizier Schmidt nahm einen tiefen Lungenzug und schnalzte die Kippe auf die Erde. Dann blies er den Rauch nach oben aus. Der blaue Dunst schwebte wie eine kleine Nebelschwade über den Landsern und löste sich gemächlich auf.

„Sei es, wie es sei, Männer. Zurrt die Helme fest, ladet die Waffen durch und klebt beieinander, wenn wir angreifen. Wir jagen den Iwan aus dem verdammten Kaff und nehmen den Bahnhof ein."

Mit gemischten Gefühlen bereiteten sich die jungen Rekruten für den Einsatz vor.

Der Kradschütze kam zurück. Leutnant Zoller saß im Kübelwagen und ließ anhalten. Das Verdeck des geländegängigen Militärfahrzeugs war offen. Der Fahrer des Motorrades bremste das NSU-Gespann ab und blieb neben dem Volkswagen stehen.

„Wie sieht die Lage aus?", fragte der Offizier ohne Umschweife.

„Wenn man bei der Ortschaft mit Umladebahnhof von einem Städtchen spricht, ist das wohl alles ein bisschen übertrieben, Herr Leutnant. Ich bin bis zu Leutnant Sommerlein vorgedrungen. Die Ortschaft selbst ist eher eine Ansammlung von ein paar wenigen Häusern. So um die zwanzig bis dreißig Stück. Der Bahnhof besteht aus einem Haupthaus, zwei Rangiergleisen und vier großen Hallen. Dort dürften die Werkstätten der Russen untergebracht sein."

„Hat Leutnant Sommerlein gesagt, wo er uns benötigt?"

„Er gesagt, dass er die Russen halbkreisförmig eingeschlossen hat und …", der Kradschütze verstummte und lauschte.

Gefechtslärm war zu hören. Detonationen häuften sich.

„Er kann doch mit einem Zug nicht eine ganze Kompanie angreifen", schimpfte Zoller. „Wir müssen sofort eingreifen. Vorwärts!", befahl er und gab das taktische Zeichen für den Abmarsch. Dann wandte er sich seinem Funker zu. „Versuchen Sie sofort Leutnant Sommerlein zu erreichen. Vielleicht hat er zwischenzeitlich das Funkgerät ersetzten können."

Der Bereitstellungsraum war binnen weniger Minuten erreicht. Die Fahrzeuge wurden abgestellt. Alles ging blitzschnell.

„Absitzen! Fertigmachen zum Angriff! Wir bleiben in der Nähe des Schützenpanzerwagens", sagte Unteroffizier Schmidt. Er war froh, von Zoller den Auftrag erhalten zu haben, die Pioniere im SPW abzusichern.

Die Landser sprangen von der Ladefläche des Lkw. Der SPW rollte vorbei.

„Mir nach!", brüllte der Gruppenführer und lief hinterher. „Hott, geh du mit drei Mann auf die andere Seite!"

Leutnant Zoller, der die Führung übernommen hatte, schwenkte links herum. Er wollte in die Flanke des Gegners stoßen. Der Gefechtslärm wuchs an. Noch war der Zug nicht vom Feind bemerkt worden. Vor einem Maisfeld hielt der Schützenpanzerwagen an. Der komplette Zug schloss auf. Zoller und Kastner beobachten durch ihre Feldstecher die Häuser.

„Wenn wir geradeaus vorstoßen, kommen wir direkt ins Dorf."

„Wir befinden uns schon in Reichweite der Wurfkörper, Herr Leutnant", teilte Unteroffizier Kastner mit. „Wir könnten dem Iwan mit der Stuka zu Fuß eine Begrüßungssalve hindonnern!"

„Dann ist der Überraschungseffekt weg. Ich möchte wissen, wo sich die T 34 befinden."

Die Antwort erledigte sich von selbst. Motorenlärm und Abschüsse von Panzerkanonen waren deutlich zu hören. Zoller blickte erneut durch seinen Feldstecher. „Die Russen brechen aus und greifen Sommerleins Zug an. Ich sehe Panzer und Infanterie. Wir greifen an!"

Kastner nickte. „Männer, fertigmachen für die erste Salve!"

Zoller sah zu dem Unteroffizier. „Sollte der Russe Sie mit ein oder zwei Panzern angreifen, wird das ein ungleiches Gefecht!"

Kastner nickte. „Ich denke, wenn wir hier stehen bleiben, werden sie durch das Maisfeld preschen. Mit etwas Glück können wir dort ungesehen an sie rankommen und knacken!"

Der Offizier betrachtete den Pionier für ein paar Sekunden. Dann hob er die Hand. „Schmidt, Sie greifen mit Ihrer Gruppe ebenfalls an."

„Herr Leutnant!"

Zoller drehte sich um, als er von Manni Schmidt angesprochen wurde. „Was gibt es noch?"

„Wir müssen Sturm mit dem MG 34 bei den Pionieren lassen. Wenn Infanterie auf den T 34 aufgesessen ist, haben die Pioniere keine Aussicht auf Erfolg."

„Einverstanden, aber nur mit dem Schützen II. Der dritte Mann kommt mit uns. Wer weiß, was uns dort vorn alles erwartet."

„Josef und Hubert, sucht euch eine gute Position und nehmt die Russen aufs Korn, falls sie mit Infanterie angreifen! Danach kommt ihr mit den Pionieren zum Bahnhof, bzw. dorthin, wo wir sind!"

„Alles klar!"

Beide Maschinengewehrschützen huschten ein paar Meter ins Maisfeld hinein und gingen in Deckung. So konnte man sie bei erwarteten Angriff nicht sehen und sich so einen Vorteil verschaffen.

Kastner sah seine Pioniere an. „Ihr habt es gehört, Männer! Ich brauche zwei T-Minen. Wer geht mit und versteckt sich mit mir im Maisfeld?"

„Das gleicht einem Himmelfahrtskommando, Wilhelm", stieß einer seiner Männer hervor.

„Ein Freiwilliger wird sich doch wohl noch bereit erklären, mir zu helfen."

„Ich mach es!"

„Danke, Gustav", sagte Unteroffizier Kastner. „Feuer frei! Haut dem Iwan ein paar Salven hin. Nachdem ihr abgefeuert habt, tut so, als würdet ihr türmen. Wenn die T 34 die Verfolgung aufnehmen, müsst ihr sie unbedingt ins Maisfeld locken. Nur hier haben wir ausreichend Deckung!"

„Und wenn es nicht klappt?"

„Es muss klappen", antwortete Wilhelm Kastner, griff seine beiden T-Minen und lief los.

Gustav schüttelte den Kopf. „Er ist verrückt", schimpfte er, packte ebenfalls zwei T-Minen und folgte seinem Gruppenführer.

Der hochgewachsene Mais hatte die deutschen Soldaten binnen weniger Sekunden verschluckt.

Der Zeitpunkt des Abfeuerns der Wurfkörper war gekommen.
„Bist du fertig?"
Ein wortloses Nicken als Antwort, dann ging es los. Der Moment des Überraschungsangriffs war da. Die erste Salve Wurfkörper wurde abgefeuert. Laut zischend, eine helle Rauchwolke hinterlassend, verließen sie die Rohrgestelle am SPW.
Wumm
Die Salve schlug ein.
„Nächste Salve etwas weiter!"
„Fertig!", kam die Ansage.
„Feuer!", folgte das Kommando.
Die nächste Salve wurde abgeschossen. Diesmal lagen die Treffer besser. Der Fahrer des Schützenpanzerwagens wechselte die Stellung.
„Jetzt!"
Wieder wurden zwei Wurfgeschosse abgefeuert. Mit dem Fernglas in der Hand verfolgte der Fahrer des SPW die Wurfkörper.
„Ein Panzer ist stehen geblieben", rief er laut.
Angespanntes Warten folgte.
„Er wendet! Ein T 34 kommt direkt auf uns zu."
Schnell legte der Pionier das Fernglas zur Seite und setzte sich wieder hinter das Steuer.
Wumm
Diesmal hatte der russische Panzer gefeuert. Der Einschlag lag jedoch weit vom SPW entfernt und krachte hinter diesem in die Erde.
„Fahr zurück. Ich möchte nicht, dass der Iwan aus Versehen unsere Kameraden im Maisfeld beschießt."
Der SPW rollte an. Der T 34 kam näher. Ein zweiter Schuss aus der Panzerkanone folgte. Diesmal detonierte die Granate schon näher am Halbkettenfahrzeug.

Kastner wagte es und hob seinen Kopf ein Stück aus dem Maisfeld. Er sah den russischen Panzer und zog sofort den Kopf wieder ein. „Wenn der die Fahrtrichtung hält, wird er durch das Maisfeld preschen. Wir müssen nur ein paar Meter weiter nach rechts!"
Kastner fühlte sich nicht wohl. Er sorgte sich um seine Männer im SPW.
Gustav riss ihn aus den Gedanken. Hechelnd setzte sich der Pionier an die Seite des Unteroffiziers. „Läuft ... nach Plan", stöhnte er.

Kastner hielt an. Ein schneller Blick über die Spitzen des Mais, dann ging er in die Hocke. „Ich sehe nur einen kommen", sagte er zu seinem Kameraden.

„Hocken Rotarmisten auf dem Panzer?", fragte Gustav nach.

„Ich konnte keine sehen!"

„Wir müssen noch etwas weiter in die Mitte des Feldes. Wenn der Panzer seine Spur hält, sind wir um die zwanzig Meter zu weit weg."

Beide verschnauften noch ein wenig, dann schnappten sie sich ihre T-Minen und rannten geduckt weiter.

Das dumpfe Brummen des Panzermotors war zu hören.

Nach etwa fünfzehn Metern ließ sich Kastner zu Boden fallen. Langsam kroch er noch ein Stück weiter, dann kniete er sich hin, stand schließlich auf und lugte über die grünen dicken Maishalme. Er musste sehen, welche Richtung der T 34 einschlug.

„Geh´ du noch ein Stück weiter. Es ist besser, wir haben ihn zwischen uns, falls er kurzfristig die Fahrtrichtung ändert."

Gustav verschwand wortlos im dichten Grün der Maispflanzen. Die Erde begann leicht zu vibrieren. Der Motor des Panzers dröhnte auf. Der Koloss näherte sich rasend schnell. Kastner begann zu schwitzen. Gänsehaut breitete sich von seinem Nacken bis hinunter zu den Fersen aus. Er hielt eine T-Mine fest am Haltegriff. Seine Augen wanderten immer wieder zum Sprengkapselzünder. Der Unteroffizier wusste, dass er zwei gefährliche Momente zu überstehen hatte. Erst galt es die Mine gut auf dem Panzer zu platzieren, dann musste er den Sprengkapselzünder zeitlich günstig ziehen, denn es blieben ihm lediglich zehn Sekunden von der Zündung bis zu Explosion der Mine, um wieder in Deckung zu gehen.

Das Vibrieren der Erde wuchs in Sekundenschnelle zu einem kleinen Erdbeben an. Zumindest kam es Wilhelm Kastner so vor. Die Knie wurden weich und begannen unkontrolliert zu zittern, als der Panzer wie ein mächtiger, dunkler Schatten mit weniger als einem Meter Abstand an ihm vorbeirollte. Es war soweit. Die Angst musste unterdrückt werden.

Ich bin Soldat. Ich bin Pionier und habe das schon hundert Mal geübt, redete sich der Unteroffizier im Gedanken immer wieder ein, um die Nervosität loszuwerden.

Schweißperlen bildeten sich auf seiner Stirn. Die Hände waren längst feucht. Schnell wischte sie Kastner an den Hosenbeinen trocken.

Wieder umklammerte er den Haltegriff der T-Mine, dann zog er seine Beine an und sprang auf. Er folgte dem stählernen Ungetüm auf der platt gewalzten Spur.

Keine Infanterie auf dem Rücken des Panzers.

Fast beiläufig nahm der Pionier diese Tatsache zur Kenntnis. Nach etwa dreißig Metern bremste der T 34 ab. Kastner holte schnell auf. Eine Granate verließ das Rohr des Panzers. Das tonnenschwere Gefährt wippte nach. Der Abschussknall war laut. Kastners Ohren dröhnten. Er rannte so schnell er konnte auf den T 34 zu. Die Entfernung wurde immer geringer. Er musste es schaffen, bevor der Panzer weiterfuhr.

Fünf Meter, zwei Meter, ein Meter ... jetzt!

Der Sprengkapselzünder wurde gezogen. Der Unteroffizier schleuderte die T-Mine auf den Panzer. Erleichtert sah er, wie sich das Sprengmittel über den Stahl rutschte und sich beim Turm verkeilte.

Kastner hatte im Gedanken mitgezählt. Als er bei der Zahl sieben ankam, machte er noch zwei große Schritte, dann hechtete er zu Boden und verschränkte beide Arme über dem Kopf.

Wumm

Mit lautem Getöse explodierte die Mine auf dem russischen Panzer. Mehrere Folgeexplosionen krachten, beißender Geruch drang in Kastners Nase. Er hatte es geschafft und den Panzer erledigt. Der Landser setzte sich auf. Dicker schwarzer Qualm, verursacht durch das brennende Öl, stieg vom Wrack nach oben.

Keiner der Russen ist ausgestiegen.

Der Pionier verdrängte die Gedanken an die Besatzung. Es war Krieg. Gerade als er aufstehen wollte, zischte eine MG-Garbe dicht an ihm vorbei. Sofort ging der Soldat wieder in Deckung. Noch beim Abtauchen ins schützende dichte Maisfeld erkannte er im Augenwinkel einen weiteren Panzer. Der zweite T 34 rollte heran und feuerte mit seinem Bord-MG auf den Pionier. Die schweren Ketten des Stahlkolosses zermalmten die Maispflanzen. Der Motor brummte drohend.

Wegkriechen, war der einzige Gedanke, der durch den Kopf des Unteroffiziers raste.

Hastig krabbelte er am Boden entlang. Links, geradeaus und wieder einen Bogen schlagend, hoffte Kastner der Schusslinie zu entrinnen.

Der Panzer war schon nah bei dem Pionier. Zumindest kam es ihm so vor. Soldaten riefen sich etwas zu.

Oh mein Gott. Aufgesessene Infanterie!

Jetzt wusste Kastner, dass der zweite T 34 von Infanteristen begleitet wurde. Die Ausgangslage hatte sich geändert. Er war nun der Gejagte.

„Paß auf, Josef!", stieß Hubert Schlier aus und deutete aus dem Maisfeld nach vorn. „Dort kommt noch ein zweiter Panzer. Diesmal ist Infanterie dabei."

Sturm lugte über den Mais. „Vier oder fünf Iwans sitzen auf dem Heck des T 34, etwa noch einmal so viele laufen hinten nach."

„Die schießen mit den Bordwaffen auf die Pioniere! Jetzt legen auch die Soldaten an und feuern. Wir müssen helfen."

„Das machen wir auch, Hubert! Wir jagen ihnen ein paar Salven entgegen. Ich ziele einfach in Richtung des Panzers und schwenke das MG hin und her. Wenn sie uns tatsächlich gefährlich werden, verschwinden wir tiefer im Maisfeld."

Sturm lag hinter dem Maschinengewehr, visierte in Richtung des Feindes und zog den Abzugshebel durch. Die russischen Infanteristen, die den T 34 begleiteten, wurden vom Maschinengewehrfeuer überrascht. Zwei Rotarmisten fielen getroffen zu Boden. Die restlichen Russen gingen in Deckung.

Sturm jagte Salve um Salve aus dem Lauf seine Waffe. Jetzt sprangen auch die Soldaten, die auf dem Heck des Panzers saßen, herunter und legten sich ebenfalls flach auf den Boden.

Wumm

Eine Granate wuchtete im Maisfeld ein.

„Wir müssen die Stellung wechseln", plärrte der Schütze II.

Sturm schoss ungeachtet dieser Warnung weiter.

„Los! Weg hier!"

Wumm

Die zweite Granate krachte wesentlich näher an ihrer Stellung in die Erde. Steine und Splitter surrten herum.

„Weg hier!", brüllte der Schütze II panisch.

Jetzt erst stellte Sturm das Feuer ein.

„Wohin?"

„Einfach nur geradeaus. Halte Kopf und Rücken unten. Das wird ein harter Lauf", rief der Gefreite, packte das MG und rannte los. Im gleichen Moment schlug hinter ihnen eine dritte Panzergranate ein.

Wumm

Schlier packte die Munitionskisten noch fester und blieb so dicht hinter Sturm, wie nur möglich.

Kastner atmete auf. Die Rotarmisten wurden von einem Maschinengewehr unter Feuer genommen. Den Schreien nach stürzten einige Gegner getroffen zu Boden. Die anderen suchten sicherlich Deckung. Der T 34 fuhr zwangsläufig ohne Begleitung weiter. Nach zwanzig Metern blieb er stehen. Der Turm drehte sich mit kratzend, knirschendem Geräusch von aufeinander reibendem Metall. Kastner hörte förmlich im Gedanken das trockene Klicken vor dem Abschuss. Die Granate wurde abgefeuert und schlug am Ende des Maisfeldes ein. Dann drehte sich der Turm noch einmal ein Stück. Kastner ahnte, dass sie die MG-Stellung suchten. Er wagte es und lugte vorsichtig über den Mais.
Sie sehen sie nicht!
Eine zweite Granate wurde abgefeuert. Krachend schlug sie ungefähr dreißig Meter weiter rechts als die erste im Maisfeld ein.
Der Panzerkommandant denkt mit. Weil das deutsche MG das Feuer eingestellt hat, schließt er daraus, dass sie durch das Maisfeld flüchten, überschlugen sich die Gedanken des Pioniers.
Kastner versuchte sich in den Panzerführer hinein zu versetzen. In dem Moment, als der Pionierunteroffizier nach seiner zweiten T-Mine griff, fuhr der T 34 wieder an.
Wumm
Nach dem Einschlag wirbelten Maispflanzen, Erde und Teile der Panzerkette durch die Luft.
Gustav, durchfuhr es Kastner. *Irgendwie hat er es geschafft und den Panzer auf eine Mine fahren lassen!*
Fahrunfähig stand der russische Panzer im Maisfeld. Der Turm drehte sich erneut. Zwei, drei Rotarmisten hoben ihre Köpfe über das Maisfeld. Sie wollten sehen, was mit ihrem Panzer passiert war. Sofort zog Kastner seinen Kopf wieder ein. Zur Sicherheit wechselte er noch einmal die Stellung.
„Gustav", rief er laut und hoffte, dass sein Kamerad ihn hören konnte. „Das reicht, lass uns abhauen", setzte er nach und bereute im gleichen Moment gerufen zu haben.
Sofort wurde von den Rotarmisten in die Richtung des rufenden Landsers gefeuert. Im gleichen Moment bellte das Maschinengewehr von

Sturm und Schlier wieder auf. Sie jagten eine Salve in das Maisfeld, hielten aber hoch an, um die Pioniere nicht zu gefährden. Ihr Ziel war es, die Rotarmisten zu verunsichern und in Deckung zu halten.

Der Turm des T 34 drehte sich wieder und feuerte eine weitere Granate ab.

Wumm

Diesmal zischten Splitter dicht über an den MG-Schützen vorbei.

„Das war verdammt knapp. Wir müssen raus aus dem Feld", plärrte Sturm.

Schlier nickte. Sein Gesicht war kreidebleich, seine Uniform mit Staub, Erde und zerfetzten Maispflanzen bedeckt.

Wumm

Durch die zweite große Detonation überrascht, fuhr Kastner hoch. Schwarzer Rauch stieg nach oben. Flammen züngelten empor. Hektik. Die Luke wurde geöffnet. Schreiende Männer. Zwei Soldaten krochen aus dem brennenden Stahlberg. Schnell sprangen die russischen Panzermänner ins Maisfeld. Für die anderen beiden Besatzungsmitglieder schien jede Rettung zu spät zu kommen. Eine Stichflamme schoss aus der Luke, dann krachte es laut. Der Stahlkoloss wurde von der explodierenden Munition zerrissen. Metallteile schwirrten gefährlich durch die Luft.

Gustav, dieser Teufelskerl hat es gewagt und ist tatsächlich noch einmal an den Panzer ran gekrochen und hat ihn hochgejagt, triumphierte Kastner im Stillen.

Er zog sich zurück. Der Pionier kam am Ende des Maisfeldes an. Genau an der Örtlichkeit, an der er es vorhin betrat, wartete er. Ein Rascheln wurde laut. „Gustav?"

„Nein. Sturm und Schlier. Die Kameraden mit dem MG", kam die Antwort.

Alle blieben aber noch am Rand des Maisfeldes sitzen. Keiner wusste, ob die russischen Infanteristen ihnen folgten.

Nach einer weiteren Minute hörten sie erneut ein Rascheln. Wieder war es Kastner, der seinen Kameraden mit Namen anrief. „Gustav?"

„Natürlich, wer denn sonst?", kam die Antwort.

„Der Iwan! Oder glaubst du, der hat sich in Luft aufgelöst?"

„Das nicht, Wilhelm, aber sie haben sich zurückgezogen. Zwei Verwundete schleppten sie mit."

„Woher weißt du das?"

Gustav grinste. „Ganz einfach, Kamerad", beantwortete er Schliers Frage. „Ich bin aufgestanden und habe nachgesehen. Ich kann es auf den Tod nicht ausstehen, wenn ich verfolgt werde. Als Hase eigne ich mich nun mal nicht sonderlich."

„Du Teufelskerl bist zweimal an den Panzer ran", lobte Kastner den Pionier.

„Also, wenn ich ehrlich bin, war das mehr Angst als Mut. Der Panzer stand in meiner Nähe. Ich wusste, dass die Russen mich früher oder später kriegen, wenn ich den T 34 nicht knacke."

„Das war unsere Rettung", mischte sich Sturm mit ins Gespräch ein. „Die letzte Panzergranate schlug verdammt knapp in unserer Nähe ein. Wenn er …", Sturm deutete auf Gustav, „… den T 34 nicht geknackt hätte, wären wir jetzt vermutlich nicht mehr hier."

„Das gleiche kann ich von euch behaupten, Kameraden. Die Infanteristen waren verdammt nah an mir dran. Nicht auszudenken, was passiert wäre, wenn ihr sie nicht unter Feuer genommen hättet."

„Genau so muss es sein. Egal, welche Waffenfarbe man auf den Litzen trägt. Wir sind alles Kameraden und stehen füreinander ein", beendete Gustav das Gespräch. „Wir sollten zusehen, dass wir zu den anderen zum Bahnhof kommen. Wer weiß, was unsere Kameraden dort erwartet hat."

In Schützenreihe sickerten Leutnant Zollers Zug ins Dorf ein. Der Offizier gab Befehl, sich Haus für Haus vorzunehmen, bevor sie letztendlich zum Bahnhofsgebäude und den angrenzenden Werkstätten vordringen wollten.

Unteroffizier Schmidt hatte sich bis zu einer Hauswand vorgearbeitet. Die MP war feuerbereit, der Zeigefinger der rechten Hand lag am Abzugshebel. Ein schneller Blick um die Ecke des Hauses folgte. Der Unteroffizier hob seine Hand und winkte. Zwei Mann folgten ihm. Die Eingangstür stand einen kleinen Spalt weit offen. Schmidt wartete, bis Kleber aufgerückt war und hinter ihm stand. Er deutete auf die Tür und flüsterte: „Wir gehen zusammen rein!"

Kleber nickte.

Der Unteroffizier stieß die Tür auf und stand mit schussbereiter Waffe vor einer russischen Familie. Dem Anschein nach, Großmutter, Mutter und drei Kinder. Alle saßen zusammengekauert in einer Ecke. Schmidt war sich sicher, dass keine Rotarmisten hier waren. Kleber fragte dennoch in russischer Sprache. Die Großmutter antwortete. Der Landser hörte aufmerksam zu, dann übersetzte er für seinen Gruppenführer.

„In den Häusern sind nur Zivilisten, Manni. Alle Soldaten sind zum Bahnhof abgerückt."

„Und wenn die Alte lügt?"

„Das glaube ich nicht. Wir könnten zurückkommen, schließlich weiß sie nicht, wie viele wir sind."

„Da ist was dran. Wir sehen trotzdem in den anderen Räumen nach."

Fünf Minuten später verließen die das Haus. Schmidt hatte sich nicht getäuscht. „Keine Rotarmisten! Raus hier!"

Vor der Tür gab er taktische Zeichen und die Gruppe rückte weiter vor. Trotz der Aussage der Großmutter, durchsuchten die Landser auch die beiden angrenzenden Häuser. Sie waren leer.

Die Hauptstraße des Dorfes wurde erreicht. Links von ihnen befand sich der Bahnhof, rechts führte die Straße aus dem Dorf hinaus, Richtung Tim. Leutnant Zoller wollte gerade die Straße überqueren, als er Motorenlärm wahrnahm. „Deckung!"

PA -0-G-Russland – Dorf - Hauptstraße – Zeit: 1935 – 1945, Privatarchiv des Autors

Sofort verteilten sich die Landser entlang der Straße und versteckten sich in Gärten, hinter Bäumen und einem Pferdefuhrwerk. Zwei Mannschaftswagen kamen die Straße entlang gefahren. Über den Ladeflächen waren die Verdecke entfernt worden. Die Helme der Rotarmisten waren deutlich erkennbar. Zoller war sofort klar, dass diese russischen Soldaten nur ein Ziel hatten. Die Eisenbahnbrücke über den Tim. Der Offizier zog eine Handgranate aus seinem Koppel und machte sie wurfbereit. Reiser und Hott griffen ebenfalls zu ihren Handgranaten. Als die Militärfahrzeuge nur noch zehn Meter Abstand zu Zoller hatten, sprang der Offizier aus seiner Deckung hervor und schleuderte seine Handgranate dem ersten Lastwagen entgegen. Er hoffte, sie würde auf der Ladefläche landen. Sofort nach dem Wurf, ging Zoller wieder in Deckung. Noch bevor die Handgranate des Offiziers detonierte, tauchten Hott und Reiser aus ihrer Deckung auf und schleuderten ebenfalls ihre Stielhandgranaten auf die beiden Lastwagen.

Wumm

Krachend explodierte die erste Granate dicht hinter dem vorderen Militärfahrzeug. Splitter zerfetzten die Reifen. Drei oder vier Rotarmisten, die ganz hinten saßen, wurden ebenfalls von Granatsplittern getroffen. Der Lastwagen geriet ins Schlingern. Der Fahrer verlor die Kontrolle, überlenkte und der Mannschaftstransporter stürzte seitlich um.

Wumm

Zeitgleich detonierte Reisers Handgranate in der Luft, dicht vor der Windschutzscheibe des zweiten Lastwagens. Diese zersplitterte, Fahrer und Beifahrer wurden sofort getötet. Führerlos raste der Mannschaftstransporter in den umgestürzten Lastwagen vor ihm. Hotts Handgranate explodierte ein paar Meter hinter dem Militärfahrzeug. Vereinzelte Splitter surrten durch die Luft und bohrten sich in die Leiber der Rotarmisten. Beide Transporter verkeilten sich krachend. Soldaten wurden von der Ladefläche geschleudert. Ein paar Sowjets blieben liegen, andere erkannten die Situation, griffen nach ihren Waffen und feuerten wild um sich.

„Feuer!", befahl Manfred Schmidt, dann ratterte seine MP los. Kleber und die anderen schossen mit ihren Karabinern.

Nachdem drei Rotarmisten tödlich getroffen auf der Straße lagen, legten die anderen ihre Waffen nieder und hoben die Hände. Das Jammern und Stöhnen der Verwundeten nahm zu.

„Feuer einstellen!", befahl Leutnant Zoller.

Zögernd kamen die deutschen Soldaten aus ihren Deckungen hervor. Gewehrläufe waren auf den Gegner gerichtet.

„Rucki werch!", brüllte Georg Hott.

„Hände hoch!", rief ein anderer Landser in deutscher Sprache von der anderen Straßenseite aus die Russen an.

„Ist jemand verletzt?", fragte Zoller laut.

„Keine Verluste", kam unverzüglich Schmidts Rückmeldung.

„Entwaffnet sie! Sie sollen ihre Verwundeten versorgen! Drei Mann bleiben hier. Beim geringsten Fluchtversuch oder Angriff, sofort feuern!"

Ein Obergefreiter und ein junger Landser sowie Höllerich, der sich das Knie geprellt hatte, übernahmen den Auftrag.

Die russischen Soldaten begannen damit, ihre Verwundeten zu bergen und leisteten erste Hilfe.

Da Benzin auslief, befürchtete Höllerich, einer der Lastwagen könnte explodieren. „Dawai, dawai!", forderte er die Russen auf, sich zu beeilen.

Als Kleber einen Unterleutnant unter den gefangenen Rotarmisten entdeckte, blieb er stehen. Er sprach ihn in dessen Landessprache an. „Wie viele Soldaten sind noch am Bahnhof?"

Der Offizier, einer der wenigen Soldaten, die unverletzt geblieben waren, überlegte ob er Antworten sollte und zögerte.

Schmidt hatte Leutnant Zoller auf Klebers Befragung aufmerksam gemacht. Der Offizier wartete. Kleber wiederholte die Frage. Diesmal mit ernsterem Ton.

„Unsere Pioniere legen gerade Sprengstoffladungen. Ihr kommt zu spät. Alles ist vermint", antwortete der Offizier und grinste den deutschen Soldaten an.

„Wie viele Soldaten?"

„Geh hin! Du wirst es sehen!"

Kleber wurde wütend. Er repetierte seinen K 98 und hielt den Lauf in Richtung des russischen Gefangenen.

„Kleber!", hallte Schmidts Ruf zu seinem Kameraden. „Egal was er sagt. Wir erschießen keine wehrlosen Gefangenen!"

„Er sagte, dass ihre Pioniere den Bahnhof verminen und mit Sprengladungen bestücken. Wie viele Soldaten noch dort sind, wollte er nicht sagen!"

Der Schützenpanzerwagen mit den Pionieren rollte ins Dorf. Ebenso trafen Sturm und Schlier dort ein. Vorsichtig fuhren sie an den Lastwagenwracks vorbei.

„Wir haben zwei T 34 erwischt, Herr Leutnant. Keine eigenen Verluste. Ihre MG-Schützen haben noch eine Gruppe Iwans versprengt!"

„Danke für die Meldung, Unteroffizier Kastner. Sie kommen gerade rechtzeitig. Wir müssen schnellstens zum Bahnhof. Angeblich wurde das Gelände schon vermint und mit Sprengladungen bestückt."

Kleber ging wortlos von dem russischen Offizier weg. Er verstand das Verhalten des Unterleutnants nicht.

Er hätte doch Menschenleben schonen können, stattdessen beschwört er durch seine Haltung noch mehr Opfer herauf, dachte sich Kleber und schüttelte verständnislos den Kopf.

Wie kalt, dreckig, hart und erbittert der Krieg an der Ostfront noch werden würde, hatte die Vorstellungskraft des jungen Soldaten gesprengt.

„Höllerich, wenn jemand versucht zu flüchten oder sich euren Kommandos widersetzt, sofort schießen!", wiederholte Zoller.

„Jawohl, Herr Leutnant!"

„Kleber! Übersetzen sie das den Russen!"

Der Soldat drehte sich noch einmal um und teilte den Gefangenen den Befehl mit. Anschließend setzte sich Leutnant Zoller an die Spitze des kleinen Trupps. Es ging weiter.

Sie erreichten den Bahnhof der Ortschaft. Links und rechts des Bahnhofsgebäudes konnten sie große Hallen sehen. Zoller und Schmidt zückten ihre Ferngläser.

„Ich sehe nichts, Herr Leutnant. Sieht ganz so aus, als wären die Werkshallen leer."

„Ich verstehe das nicht. Es hieß doch, eine ganze Kompanie wäre hier. Wo sind die Soldaten?"

„Sie werden Leutnant Sommerleins Zug angreifen."

„Wir können mit dem SPW vorfahren", schlug Kastner vor.

„Herr Leutnant", meldete sich der Nachrichtenmann aufgeregt. „Ein Funkspruch von Leutnant Sommerlein. Der Tornister konnte repariert werden."

„Was sagt er?"

„Sein Zug hat sich jetzt in einem Waldstück, etwa zwei Kilometer vor dem Dorf verschanzt. Die Russen haben nur noch einen Panzer zur Verfügung, doch der Wald ist umzingelt. Sommerlein sitzt fest!"

„Fordert er Unterstützung an?"

„Nein, Herr Leutnant, bevor die Verbindung abbrach, ließ er mitteilen, wir sollen den Bahnhof einnehmen. Er würde die russischen Kräfte binden, bis Entsatz vom Bataillon ankommt."

„Danke. Fertigmachen zum Angriff!"

Leutnant Zoller hatte kaum ausgesprochen, als ein Schuss krachte. Getroffen fiel der Offizier zu Boden.

„Deckung! Alles in Deckung!", rief Manfred Schmidt und rannte geduckt zu dem am Boden liegenden Zugführer. Ein zweiter Schuss fiel. Das Projektil zischte nur wenige Millimeter an Schmidts Kopf vorbei. Der Unteroffizier spürte den heißen Luftzug.

„Da hockt irgendwo ein Scharfschütze drin", warnte er.

Geschockt sah Schmidt auf Zollers Brust. Die Uniform war blutgetränkt, der Fleck vergrößerte sich zunehmend.

Der Fahrer des SPW erkannte sofort die gefährliche Situation. Er lenkte das Sonder-Kfz 251 direkt vor Schmidt und Zoller, um ihnen Deckung zu geben. Auch Kastner reagierte sofort.

„Schützen ans Bord-MG! Zielt auf den ersten Stock der Werkhalle auf 11 Uhr! Der Rest raus hier", zischte er aus und sprang selbst vom SPW.

Das Maschinengewehr ratterte los.

Rrrrt rrrrt

Dankbar, dass die Pioniere für Deckung gesorgt hatten, knöpfte Manfred Schmidt Feldbluse des verwundeten Offiziers auf. Der Brustkorb hob und senkte sich unregelmäßig. Die Atmung von Leutnant Zoller war flach. Der Verletzte starrte Schmidt an. „Das tut ... ver ... verdammt weh", stammelte er.

„Bleiben Sie ruhig liegen, Herr Leutnant", versuchte der Unteroffizier den Verwundeten zu beruhigen.

Immer mehr Schüsse krachten. Die Landser waren in Stellung gegangen und nahmen den Scharfschützen unter Beschuss.

Schmidt schob die offene Uniformbluse des Offiziers beiseite und sah den Einschuss oberhalb der Herzgegend. Sofort holte er ein Verbandspäckchen heraus.

„Ich habe hier noch Formaldehydsalbe. Damit kannst du die Wunde desinfizieren", rief ihm einer der Pioniere zu.

Er lag am anderen Ende des SPW in Deckung.

„Ich habe extra unsere Verbandstasche mit aus dem SPW genommen", ergänzte er und warf sie Unteroffizier Schmidt zu.

Schnell kramte der Unteroffizier die desinfizierende Salbe heraus. Hastig schraubte er den Verschluss ab und schmierte sie über die blutende Wunde.

„So geht das nicht. Du musst die Salbe auf die Kompresse schmieren, dann drauflegen und fest einbinden", plärrte ihm ein anderer Pionier zu. Noch während er den Ratschlag gab, kroch er zu Schmidt. Er hob den Oberkörper des Offiziers an.

„Hinten auch. Er hat 'nen glatten Durchschuss abbekommen", sagte er und legte den Oberkörper des Verwundeten frei. Dann half der Pionier beim Verbinden von Leutnant Zollers Wunde.

„Er hat viel Blut verloren. Wir müssen ihn so schnell wie möglich zurückbringen", sagte Manfred Schmidt. „Einmal, wenn man einen Sanitäter braucht, ist keiner da", schimpfte er.

„Mehr können wir nicht für ihn tun. Wir müssen zuerst den Bahnhof einnehmen, bevor wir jemand mit einem Fahrzeug losschicken können", entgegnete der Pionier. Ein Sanitäter hätte im Moment auch nicht mehr für ihn machen können.

Der Gruppenführer biss die Zähne zusammen. Er wusste, dass der Landser Recht hatte.

„Hier, wasch deine Hände."

Der Pionier hielt seine Feldflasche über Schmidts Hände und schüttete Wasser darüber. Der Unteroffizier säuberte sie vom Blut seines Zugführers. Dann zogen sie Leutnant Zoller weiter nach hinten in bessere Deckung.

Der russische Scharfschütze hatte keinen weiteren Schuss mehr abgegeben. Neben dem MG der Pioniere, hatte auch Sturm damit begonnen, das Gebäude mit Salven seines MG 34 einzudecken.

Schmidt deckte Zoller mit dessen Feldbluse zu. „Halten Sie durch, Herr Leutnant. Wir kommen wieder."

Der Unteroffizier orientierte sich wieder nach vorn. Er sah Kastner auf sich zulaufen und wartete, bis sich der Gruppenführer der Pioniere neben ihn in Deckung warf.

„Wird er es schaffen?", war Kastners erste Frage.

„Ich hoffe es", antwortete Schmidt knapp.

Von hinten kam der Nachrichtenmann auf beide zugelaufen. Er bewegte sich am Straßenrand entlang. „Ich habe die Kompanie erreicht.

Die Vorhut liefert sich schon Feuergefechte mit dem Iwan. Sie hauen Sommerleins Zug heraus", meldete er freudig, dann sah er den schwer verwundeten Leutnant Zoller. „Mist! Hat es ihn böse erwischt?"
Schmidt nickte. „Kamerad, kannst du bei ihm bleiben?"
„In Ordnung", erklärte sich der Nachrichter bereit.
„Wie gehen wir vor?", wollte Kastner von Schmidt wissen.
Dieser lugte über seine Deckung.
„Wenn der SPW hier bleibt und Deckung gibt, kann ich mit meiner Gruppe zum Bahnhofsgebäude vorrücken. An der fensterlosen Westseite des Gebäudes haben wir gute Deckung. Ihr Pioniere könntet zur Werkhalle vorrücken und den Scharfschützen ausschalten, falls dieser das MG-Feuer überstanden haben sollte. Dann arbeiten wir uns selbständig, je nach Feindkontakt Stück für Stück voran."
„Einverstanden!"

Schmidt ließ seine Gruppe sammeln und teilte kurz mit, was er mit dem Pionier vereinbart hatte. „… dazu müssen wir die Straße überqueren. Sobald das Bord-MG des SPW feuert, laufen wir los. Immer drei Mann. Sturm und Schlier, ihr gebt zusätzlich Deckung und kommt mit dem dritten Schwung mit. Ich gehe als Erster! Hott, du ziehst mit den letzten Männern nach."

Rrrrt rrrrrt

Das Maschinengewehr am Schützenpanzerwagen ratterte erneut los. Schmidt sah, wie die Pioniere über die Straße liefen und sich der Werkhalle näherten. Vom Bahnhofsgebäude aus wurde auf sie gefeuert.
„Der Iwan sitzt im Bahnhof", warnte Schmidt und rannte los.
Kleber und ein zweiter Landser folgten. Der MG-Schütze vom SPW schwenkte seine Waffe herum und nahm die Fenster des Bahnhofsgebäudes unter Beschuss. Sturm, Reiser und Schlier nutzten den Feuerschutz und rannten geduckt über die Straße. Der einzelne Schuss des russischen Scharfschützen ging unter, doch als die drei MG-Schützen gerade die Mitte der Straße erreicht hatten, hörte das Maschinengewehrfeuer auf. Schlier drehte sich neugierig um und sah den MG-Schützen zusammengesunken über der Waffe liegen. Sein Schütze II zog ihn nach unten, der SPW setzte sich in Bewegung. Der Fahrer suchte offensichtlich bessere Deckung.
„Schneller!", rief Schmidt seinen Kameraden zu.

Er selbst stand an der fensterlosen Hauswand des Bahnhofsgebäudes und winkte heftig. Sturm erreichte die schützende Wand als erster. Schlier sprang als zweiter in Deckung. Kurz bevor Reiser das Ziel erreichte, zuckte sein Körper auf und der Soldat fiel zu Boden.

„Ernst", schrie Schmidt so laut er konnte. „Steh auf! Du schaffst es!"

Der Unteroffizier schwenkte seine MP um die Hausecke herum, hielt den Lauf auf die Werkhalle gerichtet und feuerte.

„Holt ihn her! Schnell!"

Hott reagierte sofort. Der Obergefreite rannte zu Reiser und packte ihn am Oberarm. Kleber kam dazu und hakte sich an der anderen Seite des verwundeten Kameraden unter. Gemeinsam zogen sie Ernst Reiser hinter die schützende Westwand des Bahnhofgebäudes.

Schmidt sah Reiser an. „Wo ist er getroffen?"

Noch während der Gruppenführer die Frage stellte, sah er wie aus Reisers Hals Blutschwall um Blutschwall hervorquoll. Der tödlich Verwundete lag in Hotts Armen. Die Gesichtsfarbe des jungen Soldaten wurde zusehends aschfahl. Die Augenlider zur Hälfte geschlossen, sackte der Körper schließlich leblos in sich zusammen.

„Er ist tot, Manni", antwortete Hott mit gesenkter Stimme.

Sichtlich betroffen, starrten Schlier und Kleber auf ihren Kameraden, der während der Zugfahrt zur Front oft Witze erzählte und alle zum Lachen brachte.

Schmidt ballte die Fäuste und schnaufte kräftig durch. Er hasste diese Momente und wünschte sich, statt des Kameraden, selbst im Blut zu liegen, doch das Schicksal hatte ihn noch nicht auf die Liste der Gefallenen gesetzt.

Hott brach die Erkennungsmarke ab und reichte sie Schmidt. „Steck du die Hundemarke ein, Manni."

Der Unteroffizier nahm sie entgegen und ließ sie in seiner Feldbluse verschwinden. Ihm fiel auf, dass Schlier immer noch auf den gefallenen Reiser starrte und unter Schock stand.

„Georg, schau nach ob wir von hinten ins Gebäude kommen, oder ob dort auch Russen liegen."

Hott rannte los.

„Josef und Hubert, ihr müsst das MG schussbereit halten. Wir stürmen das Haus und gehen genauso vor, wie wir es geübt haben. Kann sich jeder an seine Aufgabe erinnern?"

Alle nickten. Schlier hatte endlich den Blick von Reiser genommen. Ich schieße die Scheiben ein, ihr werft Handgranaten in die Räume, dann stürmen wir rein!"

Hott winkte. „Nichts zu sehen!"

„Dann wollen wir mal hoffen, dass dort nicht auch noch ein Scharfschütze sitzt."

„Verdammt noch mal", fluchte Kastner, als er mitansehen musste, wie der sowjetische Scharfschütze erst seinen MG-Schützen, dann einen Mann aus Schmidts Gruppe erschoss.

Er und seine Pioniere hatten alle die Werkhalle, die eher an eine riesige Scheune erinnerte, erreicht.

„Der Scharfschütze muss tausend Leben haben."

„Ich habe keine Ahnung, wo der Kerl steckt, aber er hat seine Stellung gewechselt."

„Wilhelm, wir haben schon Hunderte Kugeln in diese Halle gejagt, wenn er bis jetzt noch nicht erledigt ist, erwischen wir ihn auf diese Weise auch nicht mehr. Wer weiß, ob der Scharfschütze nicht in einem Schutzpanzer aus Stahl hockt", schimpfte Gustav entnervt.

„Und was schlägst du vor, sollen wir machen? Reingehen?"

„Um dann in Sprengfallen zu laufen? Nee, Wilhelm. Diese Werkhalle ist aus purem Holz gebaut. Sie steht schön abseits von den anderen. Ich schlage vor, wir räuchern den Russen aus."

„Flammenwerfer?"

„Ja", sagte Gustav entschlossen, „bevor noch mehr Kameraden draufgehen, bin ich dafür. Egon hat den Flammenwerfer 40 dabei. Du weißt schon, den Leichteren."

„Egon", brüllte Kastner.

Schnell rannte der Pionier zu seinem Gruppenführer. Auf dem Rücken hatte er den Kessel geschnallt, der mit leicht brennbarem Öl gefüllt war. „Soll ich loslegen?"

„Ungern, aber ich sehe auch keine andere Lösung", befahl der Unteroffizier.

„Weg hier!", stieß Egon aus.

Während sich die Pioniere etwas nach hinten zurückzogen, suchte der Soldat geschickt am Abzug des Stahlrohrs den Druckpunkt und ließ etwas locker. So wurde Stickstoff frei, zum Glühlämpchen geführt und dort entzündet. Jetzt drückte der Pionier den Abzug ganz durch und das Öl schoss an der Stickstoffflamme vorbei, entzündete sich und jagte als Flammstoß aus dem Stahlrohr.

Schnell fraßen sich die Flammen am trockenen Holz nach oben durch. Egon setzte die Halle mit drei weiteren Flammstößen gänzlich in Brand. Innerhalb kürzester Zeit stand das Gebäude lichterloh in Flammen. Rauch stieg in den Himmel. Schreie waren zu hören, dann ein Schuss. Beängstigende Stille trat ein. Kastners Adamsapfel wanderte rauf und runter.

„Es hat den Anschein, als hätte der Scharfschütze den Freitod vorgezogen", sagte Egon trocken.

„Vorwärts! Wir müssen weiter", befahl Kastner.

Schmidts Maschinenpistole ratterte los. Fensterscheiben zersplitterten. Handgranaten wurden ins Gebäude geworfen. Die Landser pressten sich an die Wand und warteten die Detonationen ab.

Wumm

„Die Pioniere haben den Flammenwerfer eingesetzt", sagte Hott, stieß Schmidt an und zeigte auf die in Flammen stehende Werkhalle.

„Der Russe knallt keinen von uns mehr ab", war der Kommentar des Gruppenführers.

Er sah sich um, nickte seinen Kameraden zu und stürmte allen voran durch die große Doppelflügeltür ins Gebäude. Während Sturm und Schlier sofort die Bahnhofshalle sicherten, allen voran die Treppe mit der Galerie, durchstöberten Schmidt und seine restliche Gruppe die Räume im Erdgeschoss.

„Alles leer", sagte Hott, als er aus dem letztem Raum kam.

„Dann sind sie oben."

Schmidt ging entschlossen zur Treppe. Die MP hielt er schussbereit in Augenhöhe.

„Warte, Manni", rief ihm Kleber zu.

„Was ist? Dort oben müssen sie sich verbarrikadiert haben."

„Sie sehen die brennende Werkhalle. Von den anderen Hallen aus wurden wir nicht beschossen, ich vermute, sie sind die einzigen Soldaten hier. Sie werden aufgeben!"

Der Gruppenführer überlegte. „Sag ihnen, sie sollen sich ergeben!"

Sofort führte Kleber Schmidts Befehl aus und forderte die Soldaten in ihrer Landessprache auf, sich unverzüglich zu ergeben. Er machte ihnen klar, dass sie keine andere Wahl hätten.

Nichts rührte sich. Dann, als Schmidt schon die Hand hob und seinen Männer den taktischen Befehl zum Hochstürmen geben wollte, rief Kleber ein letztes Mal in russischer Sprache: „Gebt auf, Genossen. Euer Unterleutnant ist auch schon unser Gefangener. Wenn ihr nicht aufgebt, setzen wir auch dieses Haus in Brand!"

„Nicht schießen! Wir geben auf", wurde geantwortet.

Zwei Türen gingen auf. Mit erhobenen Händen traten vier Russen auf die Galerie.

„Nix schießen", sagten sie jetzt in schlechtem deutsch und gingen langsam zur Treppe.

„Frag sie, wo die anderen sind! Schnell!", ordnete Schmidt an.

Kleber kam der Aufforderung seines Gruppenführers nach. Bereitwillig gaben die Rotarmisten Auskunft.

„Es sind keine mehr hier. Aber die beiden hinteren Werkhallen sind vermint, ich meine, dort wurden Sprengladungen angebracht. Die vier Iwans hier oben hätten die Sprengladungen zünden sollen. Sie warten nur noch auf den richtigen Augenblick. Außerdem wurden auch Sprengfallen gelegt."

Unteroffizier Schmidt schlug mit seiner rechten Faust in seine linke Hand. Er musste die Pioniere warnen.

„Hott, schick schnell einen Mann zu den Pionieren rüber. Er soll ihnen die Neuigkeit mitteilen. Sie müssen die Sprengladungen entschärfen."

„Wird erledigt, Manfred. Ich gehe selbst rüber."

„Sag Kastner, er soll vorsichtig sein. Wir haben bereits genug Männer verloren."

Hott nickte und verließ das Gebäude.

„Danach nimmst du dir einen Mann und gehst zu Höllerich und den Gefangenen. Bringt alle hierher!"

Der Obergefreite drehte sich zu Schmidt um. Er schob seinen Stahlhelm ein Stück zurück und nickte. „Alles klar!"

PA -0-G-Russland – brennende Gebäude – Zeit: 1935 – 1945, Privatarchiv des Autors

Die Werkhalle brannte immer noch lichterloh. Je näher sich Obergefreiter Hott dem brennenden Gebäude näherte, desto größer wurde die Hitze. Hott hielt gebührenden Abstand und suchte die Pioniere. Als das Dach der Halle einstürzte, erschrak der Obergefreite. Gebannt blickte er in das Flammenmeer. Längst war der Rauch dick und schwarz. Hott schloss daraus, dass gelagertes Öl verbrannte. Es stank fürchterlich. Der Landser entdeckte Kastner und dessen Gruppe. Sie befanden sich ungefähr hundertfünfzig Meter weiter vorn bei den Gleisen.

Langsam arbeiteten sie sich zur zweiten Werkhalle vor. Es fehlten nur noch wenige Meter. Vielleicht zwanzig. Einer der Pioniere hatte sich gerade zu einem ausrangierten Viehwaggon vorgerobbt und war dahinter in Deckung gegangen. Mit seinem Karabiner zielte er auf die Werkhalle. Gerade, als er seine Kameraden zu sich herwinken wollte, stieß Hott seine Warnung aus.

„Halt!", brüllte der Obergefreite so laut er nur konnte über das Gelände. „Vorsicht Sprengfallen!"

Die Pioniere drehten sich um. Als sie sahen, dass Hott kerzengerade auf sie zumarschierte und niemand schoss, standen sie nach und nach auf und verließen ihre Deckungen.

„Was ist los?", wurde ihm zugerufen.

Hott rannte nun im Dauerlauf zu den Pionieren vor. Leicht außer Atem berichtete er das, was die gefangenen Russen erzählt hatten.

„Sprengsätze und Sprengfallen. Ganz schön raffiniert", sagte der Unteroffizier. „Sucht zur Sicherheit beide Hallen ab, aber passt auf. Ich traue dem Iwan nicht. Die Bekanntschaft mit dem Scharfschützen hat mir gereicht."

Er wandte sich Hott zu.

„Also …", begann er, „… vier russische Soldaten sollten den Bahnhof zerstören, sobald wir hier sind. Das Gros der sowjetischen Kompanie musste den Zug von Leutnant Sommerlein angreifen und der Rest war unterwegs zur Eisenbahnbrücke. Ist das so richtig?"

Kastner atmete kräftig durch.

Obergefreiter Hott bestätigte.

„Soll ich dir was sagen, Kamerad?", fragte er Hott.

„Was denn?"

„Wir haben bis jetzt verdammt viel Schwein gehabt. Besser kann eine Offensive gar nicht beginnen. Mit nur zwei Zügen haben wir es geschafft, eine Eisenbahnbrücke und einen kleinen Verladebahnhof zu erobern und bis zum Eintreffen des Bataillons zu halten."

„Und das alles zwanzig Kilometer tief im Feindgebiet", fügte Hott hinzu.

„Wilhelm … Wil…helm!", wurde Kastner panisch von einem seiner Pioniere gerufen.

Kastner fuhr herum. „Was ist los?"

„Gustav hat nach dir gerufen. Er ist noch vorn bei der Halle."

„Er wird doch nicht …", entfuhr es Kastner.

Er sprach den Satz nicht zu Ende, drehte sich auf der Stelle um und rannte in Richtung Werkhalle weg.

Hott ging zurück zum Bahnhofsgebäude. Kleber wartete schon, um mit ihm zu den Gefangenen zu gehen.

„Wir sollen dem Nachrichtenmann sagen, dass er der Kompanie die Einnahme des Verladebahnhofs berichten soll. Außerdem, dass wir für Leutnant Zoller sofort Hilfe benötigen. Am besten wäre es, wenn die Sanitätskompanie jemand schickt, der sich den Leutnant gleich mal ansieht."

„Das werden wir alles machen. Jetzt lass uns erst mal in Ruhe zurückgehen."

Zuerst gingen die beiden Landser zu dem schwer verwundeten Offizier. Der Nachrichter saß immer noch neben Leutnant Zoller.

„Wie sieht es aus?", erkundigte sich Hott.

„Er lebt noch, ist aber schwach und nicht bei Bewusstsein." Kleber klärte den Nachrichtenmann auf, wen er alles zu verständigen hatte und ging schließlich mit Hott weiter zu Höllerich, der die Gefangenen bewachte.

„Ich hoffe nur, die Russen haben nicht versucht, unsere Kameraden zu überwältigen", sagte Kleber leicht besorgt.

„Das hätten wir mitbekommen. Höllerich ist ein guter Soldat. So leicht kann man dem nicht krumm kommen, wenn du weißt, was ich meine."

„Ich traue dem Unterleutnant nicht. Das war ein Kommunist, wie er im Buche steht. Hast du vorhin die hasserfüllten Augen von ihm gesehen?"

Hott schwieg. Er überlegte, ob er Kleber sagen sollte, dass sie es waren, die in Russland einmarschiert sind, und der Russe Grund dazu hatte, die Deutschen zu hassen, doch dann entschied er sich fürs Schweigen. Schließlich wurde auch gemunkelt, dass sie dem Russen nur zuvor gekommen waren. Für Hott war das alles zu kompliziert.

„Für ihn ist der Krieg jetzt zu Ende. Wer weiß, vielleicht wollte er nach ganz oben und als Orden behafteter Kriegsheld nach Hause zurückkehren."

„Ja, vielleicht hast du Recht", antwortete Kleber und war mit der Antwort zufrieden.

Als sie um die Straßenbiegung kamen, sahen sie, dass alles in Ordnung war. Die Rotarmisten saßen am Boden. Ihre Verwundeten waren versorgt, die Gefallenen aus den Lastwagenwracks geborgen. Die Leichen lagen aufgereiht am Straßenrand und waren mit Decken zugedeckt.

„Seht mal dort hinten", rief Höllerich laut und zeigte zum anderen Ende des Dorfes. „Eine dicke Staubfahne. Sieht so aus, als wären das unsere Kameraden."

Hott nickte. „Und wenn nicht, geht's uns ganz schön dreckig."

Kleber und Höllerich schluckten nach dieser Bemerkung.

„Gustav, was ist los?", rief ihm Kastner zu, als er seinen Kameraden am Boden neben der Werkhalle liegen sah.

Gustav Rost kauerte in Seitenlage am Boden und hielt sein rechtes Bein halbhoch über der Erde ausgestreckt. Die Kraftanstrengung ließ das Bein zittern.

„Ist dein Bein gebrochen?"

Dicke Schweißperlen rannen von Rosts Stirn.

„Nein, ich bin an einem Draht hängengeblieben. Er hat sich an meinem Knobelbecher verheddert. Der Mist sieht aus, wie 'ne hundsgemeine Sprengfalle. Verdammt, Wilhelm, ich kann mein Bein nicht mehr lange oben halten. Hilf mir!"

Kastner beeilte sich. Sofort stellte er sich neben Gustav und stütze dessen rechtes Bein. Gleichzeitig verfolgte er den Verlauf des Drahtes, an dessen Ende der Unteroffizier eine Stockmine sah. Der Zugzünder steckte nur noch locker im Minenkörper.

„Du hast Recht. Wenn dein Bein auch nur einen Zentimeter nach unten rutscht, fliegt uns eine Stockmine um die Ohren. Du hattest wahnsinniges Glück. Der Minenkörper ist verrutscht, der Holzpflock wurde vermutlich nicht fest genug in der Erde gerammt. Normalerweise wärst du jetzt schon bei den Engeln."

Rost wurde kreidebleich. „Jetzt mach das Ding schon weg!"

„Geht nicht, Gustav. Wir brauchen noch einem Mann. Der Zugzünder wird nur durch den leicht gespannten Draht gehalten. Wenn ich den Draht jetzt durchzwicke, würde ich riskieren, dass aufgrund der wegfallenden Spannung der Stift doch noch rausrutscht. Ich gehe lieber auf Nummer sicher."

Die beiden Pioniere mussten nicht lange warten. Rosts Hilferuf kam bei jedem an.

„Hier, halte Gustavs Bein. Ich werde mich um die Stockmine kümmern", befahl Kastner dem ersten Pionier, der zu Hilfe kam.

Es wurde gewechselt, das Bein von dem neuen Helfer gestützt. Kastner ging zur Mine. Vorsichtig betrachtete er den Mechanismus. Schließlich schob er den Zugzünder wieder in den Minenkörper zurück und zwickte den Draht durch.

„Erlöst", stieß er aus und grinste.

„Danke", sagte Rost erleichtert.

Er war immer noch kreidebleich und zitterte ein wenig.

„Ist wohl besser, wir entschärfen die Sprengladungen, die wir finden!"

Kastner klopfte Rost auf die Schulter. „Du bleibst hier und genießt erst mal eine Zigarette."

„Hinsetzen werde ich mich, Wilhelm, aber ich glaube, mir schmeckt jetzt im Moment keine Zigarette", antwortete Rost und rang sich ein Grinsen ab.

Kastner nickte. Er ging los und entschärfte in den Werkhallen nach und nach alle angebrachten Sprengladungen.

Kradschützen in ihren Gespannen rückten als erste ins Dorf ein. Ein Kübelwagen und drei Mannschaftstransporter folgten. Ein Oberfeldwebel brüllte Befehle, Landser sprangen von den Ladeflächen und traten an.

„Erste Gruppe zu den Gefangenen, zweite und dritte Gruppe noch einmal alle Gebäude gründlich durchsuchen!"

Leutnant Zoller wurde in einen Sanitätskraftwagen eingeladen. Manfred Schmidt stand neben seinem Zugführer.

„Und? Könnt ihr sagen, wie es aussieht?", fragte er die Sanitäter.

„Ich weiß nur, dass wir uns besser beeilen. Wir bringen euren Leutnant sofort zum Hauptverbandsplatz. Dort ist der Stabsarzt und wird sein Bestes geben", bekam der Unteroffizier zur Antwort.

Die beiden Sanitätssoldaten stiegen ein und rasten davon.

Immer mehr Militärfahrzeuge fuhren in die Ortschaft ein. Schmidt ging zurück zum Bahnhofsgebäude. Dort wartete Kastner. Als Schmidt bei ihm war, zündete er sich eine Zigarette an.

„Wir haben es wieder einmal geschafft", sagte Kastner zu ihm.

„Aber zu welchem Preis", meinte Unteroffizier Schmidt und blies den Rauch seiner Zigarette aus.

P.A -0-G- Russland-Marschpause am Fluss: Zeit: 1935–1945, Privatarchiv des Autors

Ein Kübelwagen hielt direkt vor den beiden Unteroffizieren an. Als sie sahen, dass Major Hoßwein ausstieg, stellten sie sich gerade hin. Schmidt warf die Zigarette zu Boden und trat sie aus.

„Von mir aus hätten sie ruhig weiterrauchen können, meine Herren. Wer von ihnen kann mir einen kurzen Bericht aus erster Hand erstatten?"

Schmidt und Kastner berichteten abwechselnd über die Geschehnisse. Als sie fertig waren, schien der Major beeindruckt zu sein.

„Ich bin sehr zufrieden, meine Herren. Die Offensive verläuft bestens."

Ein Nachrichter notierte sich einen Funkspruch. Danach ging er zu dem Bataillonsführer. „Herr Major, Hauptmann Bergmeister ist an der Eisenbahnbrücke angekommen. Sie ist noch in unserer Hand. Kein Russe weit und breit."

„Bergmeisters Kompanie bleibt dort, bis der Tross angekommen ist. Die Russen sollen zur Gefangenensammelstelle gebracht werden. Hauptmann Stegers Kompanie vornweg, wie besprochen. Die Kradschützen können ebenfalls abrücken. Die Offensive ist noch nicht beendet!", befahl der Bataillonsführer.

Am frühen Abend ließ der Kompanieführer antreten. Hauptmann Bergmeister stellte sich vor seine Soldaten.

„Wir haben heute gezeigt, dass wir zu den besten Soldaten des Reiches gehören. Ich bin stolz auf euch. Leutnant Sommerlein ist gefallen. Sein mutiger Einsatz hat es ermöglicht, dass Leutnant Zoller, der schwer verwundet wurde, aber meiner Kenntnis nach durchkommen wird, mit seinem Zug sowohl die Eisenbahnbrücke als auch den Verladebahnhof einnehmen und halten konnte. Wie ich vor wenigen Minuten erfahren habe, wurde der Russe bis zu dreißig Kilometer tief zurückgedrängt. Ich weiß, es war ein sehr langer Tag für uns, aber er ist noch nicht beendet. Die rückwärtigen Einheiten sind angekommen, wir müssen dorthin, wo wir hingehören. An die Front, in die erste Linie. Sobald wir zu unseren Kameraden aufgeschlossen haben, können wir uns eine Mütze voll Schlaf genehmigen. Vorher nicht. Allerdings habe ich noch eine kleine Überraschung. Mit dem Tross sind auch die Gulaschkanonen nachgezogen. Statt Kaltverpflegung, bekommen wir eine warme Mahlzeit aufgetischt."

Hott saß neben Schmidt. „Feldwebel Dobresch wird den Zug führen, bis Leutnant Zoller ersetzt wird, oder?"

„Ja, das ist richtig."

„Kann er Zoller ersetzen?"

„Ich kenne ihn nicht so gut, aber ich glaube, dass Dobresch ein guter Soldat ist."

„Dich bedrückt der Tod von Reiser, stimmt es?"

„Ich habe noch nie so einen Brief geschrieben. Hauptmann Bergmeister bat mich darum, anstelle von Zoller ein paar Zeilen für Reisers Familie zu schreiben."

Hott bot Schmidt eine Zigarette an. Beide rauchten.

„Wie weit werden wir wohl vorrücken?"

„So weit, wie möglich. Wir sind schließlich Soldaten der Infanterie-Division Großdeutschland."

„Und was denkst du? Wie lange wird dieser Feldzug dauern?"

Schmidt überlegte, runzelte die Stirn. „Ich befürchte, viel länger als wir uns jetzt vorstellen können."

Ende

Glossar zum Roman:

Arko	Artilleriekommandeur
Degtjarow DP 1928	sowjetisches Maschinengewehr Kaliber 7,62 x 54 mm, auffällig durch Tellermagazin (Füllung: 47 Patronen)
eiserne Ration	Die Überlebensration als Notverpflegung für deutsche Soldaten im Ersten und Zweiten Weltkrieg wurde offiziell eiserne Portion (eiserne Ration) genannt. Bei Ausfall der regulären Verpflegung sollte die besonders verpackte Notverpflegung nur auf ausdrücklichen Befehl des kommandierenden Offiziers geöffnet und verzehrt werden. Dieser Befehlsvorbehalt ließ sich im Verlauf des Krieges jedoch nicht aufrechterhalten. Pro Soldat wurden zwei eiserne Portionen auf der Feldküche oder einem Trossfahrzeug mitgeführt. Für die Wehrmacht bestand diese eiserne Portion standardmäßig aus 300 g Brotration (*einer Packung Hartkekse, Knäckebrot oder Zwieback*), einer 200-g-Fleischkonserve (Leberwurst, Schinkenwurst u.a.), 150 g Fertiggericht (*z. B. eingedoster Gemüseeintopf oder Erbswurst*) und einem 20-g-Tütchen Kaffeepulver.

	Die halbeiserne Portion oder gekürzte eiserne Portion bestand nur aus der verpackten Brotration und der Fleischkonserve und wurde von jedem Soldat in seinem Tornister mitgeführt. Auch sie durfte nur auf Befehl verzehrt werden.
G 43 (Gewehr 43) auch *K 43 (Karabiner 43) genannt*	Eine verbesserte Version des leidlich erfolgreichen *Gewehr 41*. Geplant war die Ablöse des *Karabiner 98k* als Standard-Infanteriewaffe der Wehrmacht. Ab 1943 bis zum Kriegsende wurden vom Hersteller, Carl Walther GmbH, den Gustloff-Werken und der Berlin-Lübecker Maschinenfabrik, ca. 450.000 Stück produziert. Etwa 10 % hiervon waren mit einem Zielfernrohr ausgerüstet und für die Scharfschützenabteilungen vorgesehen. Die Waffe war aufgrund ihrer Robustheit sehr beliebt. Kaliber 7,92 x 57 mm
Geballte Ladung *(originär)*	vorgefertigtes Sprengmittel in Quaderform, Maße: 7,6 x 16,4 x 19,5 cm, Gewicht mit Tragering: 3 kg Sprengstoff
geballte Ladung *(mehrere Handgranatensprengköpfe werden um eine Stielhandgranate gebunden)*	Notbehelf zum Sprengen von Hindernissen, Unterständen oder zur Abwehr von Panzerfahrzeugen *(letzteres i.d.R. zum Absprengen von Ketten oder beim Angriff auf unbewegliche Fahrzeuge)*

He 111 (*Heinkel*)	Standardbomber (*neben der Ju 88*) der deutschen Luftwaffe im Zweiten Weltkrieg, Bombenlast: 2000 kg, Bewaffnung: 3 MG, Besatzung: 5 Mann
HKL	Abk. für Hauptkampflinie
Jak	Jakowlew Jak-1 war ein einmotoriges, sowjetisches Jagdflugzeug
Me Bf 109 (*Messerschmitt*)	einsitziges deutsches Jagdflugzeug. Standardjäger der Luftwaffe. Gebaute Stückzahl: ca. 33.300 Stück
MP 40 auch „Schmeisser" genannt, da der Name des Waffen-Konstrukteurs auf den Magazinen angebracht war.	Maschinenpistole 40, Nachfolger der MP 38, Standardmaschinenpistole der deutschen Wehrmacht und Waffen-SS, Stangenmagazin, 32 Schuss, 9 mm Parabellum
Muckefuck	ugs. für Kaffee-Ersatz (*Getreidekaffee, Zichorienkaffee oder Malzkaffee*), bzw. für dünnen, gestreckten Kaffee
Pe 2 (*Petljakow*)	sowjetisches Mehrzweckflugzeug, mittlerer Bomber
Politkommissar, Politoffizier in der Roten Armee	jedem Verband der *Roten Armee* wurde (*bis hinab zur Bataillonsebene*) ein Politkommissar zugeteilt, der die Autorität besaß, Befehle von Kommandeuren aufzuheben, die gegen die Prinzipien der KPdSU verstießen. Dies war zwar aus militärischer Sicht kontraproduktiv, stellte aber die politische Zuverlässigkeit der Armee gegenüber der Partei sicher.
PPSch 41 (*Pistolet-Pulemjot Schpagina*)	russische Maschinenpistole, (Einführungsjahr in der Roten Armee

	12/1940) sehr zuverlässig, Kaliber 7,62 x 25 TT, Trommelmagazin (71 Patronen) und Kurvenmagazin (35 Patronen), entwickelt von *Georgii Semjonowitsch Schpagin*
Ofenrohr	Raketenpanzerbüchse 54
OKW	Oberkommando der Wehrmacht
Mosin Nagant	russisches Repetiergewehr, Kaliber 7,62 x 54 R, Magazinfüllung 5 Patronen mit Ladestreifen. Das Gewehr gab es auch in einer Version für Scharfschützen, Standardgewehr der Roten Armee.
K 98	Mauser Modell 98, deutsches Repetiergewehr, Kaliber 7,92 x 57 mm, 8 x 57 IS, Magazinfüllung 5 Patronen mit Ladestreifen. Das Gewehr gab es auch in einer Version für Scharfschützen, Standardwaffe der Wehrmacht und Waffen-SS.
Scho-ka-kola	koffeinhaltige, runde Schokolade, die in einer Blechdose verpackt war.
Sanka	Abk. für Sanitäts-Kraftwagen
Stalin II (auch: Josef Stalin II, kurz IS-2)	schwerer russischer Kampfpanzer, Gewicht: 46 t, Leistung: 520 PS, Bewaffnung: 1 Kanone 12,2 cm, 1 x MG 12,7 mm, 2 x MG 7,62 mm, 4 Mann Besatzung
Sturmovik	Iljuschin Il-2 „Sturmowik", ein- oder zweisitziges, einmotoriges, stark gepanzertes Schlachtflugzeug der sowjetischen Luftwaffe
Stuka-Verband	Früh. Volksmund für besonders komplizierte, spezielle Gipsverbände

TVPl	Truppenverbandsplatz
UvD	Abk. für: Unteroffizier vom Dienst *(i.d.R. ein Sonderdienst zur Überwachung des Innendienstes, der UvD folgte den Anweisungen des Kompaniefeldwebels (Spieß) und sorgte nach Dienstende für die Einhaltung der soldatischen Ordnung. U.a. oblag ihm das Wecken, er überwachte die Durchführung der Reinigungsdienste sowie die Einhaltung der Nachtruhe)*
WuG	Waffen- und Geräteunteroffizier, *i.d.R. Angehöriger des Gefechtstrosses*
z.b.V.	militärische Abkürzung für: zur besonderen Verwendung

Aus dem allgemeinen Landser-Jargon:

Acht-Acht	deutsche Flugabwehrkanone (FlaK), Kaliber 88 mm, die auch für Bodenziele eingesetzt werden konnte
Alter	Spitzname für: Vorgesetzter (meist Kompanie-, Bataillons- oder Divisionsführer)
Barras	Barras wird in der Soldatensprache ‚*das Militär*' bezeichnet. Zum Barras müssen heißt, eingezogen zu werden (Wehrpflicht). Das Wort geht vermutlich auf den französischen Staatsmann *Vicomte de Barras (1755-1829)* zurück. Er war einer der Verantwortlichen, als Frankreich die Wehrpflicht einführte. Der Begriff ist vor allem im Süddeutschen Raum und in Österreich gebräuchlich. Aus diesen Landstrichen stammten etliche Soldaten aus Napoleons *Grande Armée* während dessen Russlandfeldzuges.
Beutegermane	saloppe Bezeichnung der Volksdeutschen *(Menschen deutscher Herkunft mit nicht-deutscher Staatsangehörigkeit)*
Donnerbalken	Latrine / Feldtoilette
Gefrierfleischorden	Ost-Medaille
Gulaschkanone	Feldküche
„Halsschmerzen"	jemand möchte eine Auszeichnung erhalten *(Ritterkreuz, Eisernes Kreuz u.a.)*
Hindenburglicht (benannt nach Paul von Hindenburg)	Mit Fett oder Talg gefüllte, kleine Schale, in die ein Docht gesteckt wurde. Es diente als Notbeleuchtung. Moderner Nachfolger ist das Teelicht.

Himmelfahrtskommando	besonders riskanter und gefährlicher Auftrag, dessen Ausführung mit hoher Wahrscheinlichkeit *(allerdings ungewollt)* zum Tod führt
Hitlersäge	MG 42 = leistungsstarkes deutsches Maschinengewehr
Hundemarke	Erkennungsmarke *(üblicherweise an einer Kette um den Hals getragen)*
Rollbahn	wichtige Straße/Nachschubweg z.B. zur Truppenversorgung, aber auch zum schnellen Vormarsch
Intelligenzstreifen	Biesen an den Hosen von Generalstabsangehörigen
Iwan	Spitzname für Rotarmisten *(russische Soldaten)*
KdF (Kraft durch Freude)	Nationalistische politische Organisation mit der Aufgabe, die Freizeit *(Wandern, Urlaub = Land- und Seereisen)* der deutschen Bevölkerung zu gestalten. Sitz der Gesellschaft war Berlin.
Kettenhund	Feldgendarm, erkennbar an seinem umgehängten Blechschild
Knobelbecher	genagelter Soldatenschaftstiefel
Koffer	schwere Granate
Kübel o. Kübelwagen	Leichter, geländegängiger Militär-Pkw (Volkswagen)
Küchenbulle	Koch
Landser	ugs. Bezeichnung des deutschen Soldaten *(Landsknecht = zu Fuß kämpfender Söldner 15./16. Jh.)*
Lametta	Orden/ferner auch Rangabzeichen
Latrinenparole	Gerücht
Napola	Nationalpolitische Lehranstalt = Internatsoberschule, die zur Hochschulreife führte / Eliteschule zur Heranbildung von nationalsozialistischen Nachwuchsführungskräften

Spieß	Kompaniefeldwebel *(i.d.R. ein Oberfeldwebel in der Dienststellung eines Hauptfeldwebels – erkennbar an zwei angenähten Kolbenringen am Uniformärmel)*
Spiegelei	Kosename für: *Deutsches Kreuz in Gold.* Das *Deutsche Kreuz* war eine deutsche Militärauszeichnung und wurde am 28. 09.41 durch Adolf Hitler in den Abteilungen Gold und Silber gestiftet. Es hat die Gestalt eines achtzackigen Sterns aus grau getöntem Silber. Darauf befindet sich ein Lorbeerkranz aus Gold oder Silber, der ein Hakenkreuz umfasst. Silber: *(verliehen für: vielfach bewiesene außergewöhnliche Tapferkeitsleistungen* *oder vielfache hervorragende Verdienste in der Truppenführung)* Gold: *(verliehen für: vielfache außergewöhnliche Verdienste in der militärischen Kriegsführung)*
Stalinorgel	sowjetischer Raketenwerfer *(Eigenname in der Roten Armee: „Katjuscha")*
Strippenzieher	Nachrichtensoldat
S-Mine	Abk. für Schrapnell-Mine, Splitter-Mine oder Spring-Mine. Nach Auslösung durch Tritt oder Stolperdraht, wird der Minenkörper in etwa auf Hüft- bis Schulterhöhe hochgeschleudert und explodiert mit Split-

	terwirkung. Diese Waffe war so effektiv, dass sie bis heute viele Nachahmer fand.
Tante Ju	Kosename für die Junkers Ju 52, ein Flugzeugtyp der Junkers Flugzeugwerk AG, Dessau. Erfolgreichstes Modell war die dreimotorige Ausführung Junkers Ju 52/3m aus dem Jahr 1932, die aus dem einmotorigen Modell Ju 52/1m hervorging.
Zwölfender	Berufssoldat *(Dienstzeit betrug mind. 12 Jahre)*

in der gleichen Reihe bereits erschienen:

Landser in den Trümmern von Budapest - *Information, Originalfotos und ein packender Roman, Books on Demand, ISBN: 978-3-7322-6699-9, Januar 2014, 128 S. - € 8,90, Wolfgang Wallenda*

Scharfschützeneinsatz in Woronesch - *Information, Originalfotos und ein packender Roman, Books on Demand, ISBN: 978-3-7357-5629-9, Juli 2014, 120 S., € 8,90, Wolfgang Wallenda*

Spezialeinheit am Feind - *Information, Originalfotos und ein packender Roman, Books on Demand, ISBN: 978-3-7357-7745-4, August 2014, 124 S., € 8,90, Wolfgang Wallenda*

Blutiges Afrika – Fremdenlegionäre im Deutschen Afrika Korps, *Information, Originalfotos und ein packender Roman, Books on Demand, ISBN: 978-3-7357-7081-3, Oktober 2014, 120 S., € 8,90, Wolfgang Wallenda*

Scharfschützen der Waffen-SS an der Ostfront – Im Fadenkreuz der Jäger, *Information, Originalfotos und ein packender Roman, Books on Demand, ISBN: 978-3-7347-3984-2, Januar 2015, 132 S., € 8,90, Wolfgang Wallenda*

Landser an der Ostfront - Im Höllenkessel von Millerowo, *Information, Originalfotos und ein packender Roman, Books on Demand, ISBN: 978-3-7347-7361-7, März 2015, 132 S., € 8,90, Wolfgang Wallenda*

Scharfschützen und Grenadiere an der Westfront – Todesacker Hürtgenwald, *Information, Originalfotos und ein packender Roman, Books on Demand, ISBN: 978-3-7347-9746-0, Juni 2015, 228 S., € 9,90, Wolfgang Wallenda*

Brennendes Berlin – die letzte Schlacht der „Nordland", *Information, Originalfotos und ein packender Roman, Books on Demand, ISBN: 978-3-8370-7498-7, 2. Auflage April 2016, 128 S., € 8,90, Wolfgang Wallenda*

Todesacker Normandie – Feuertaufe der SS-Division „Hitlerjugend", *Information, Originalfotos und ein packender Roman, Books on Demand, ISBN: 978-3-7412-4014-0, Juli 2016, 124 S., € 8,90, Wolfgang Wallenda*

Landser an der Ostfront - Zwischen Tod und Stacheldraht *Books on Demand, ISBN: 978-3-7392-2644-6, Februar 2016, 228 S., € 12,80, Wolfgang Wallenda und Hans Gruber*
Dieser biographische Roman erzählt die Geschichte des Pioniers Hans Gruber, der 1943 als Angehöriger des Pionier-Bataillons 198 im Kubanbrückenkopf verwundet wurde und anschließend das Martyrium der russischen Kriegsgefangenschaft überlebte.

weitere Bücher von Wolfgang Wallenda:

Biographie (halbauthentische Erzählung):

Die Frontsoldaten von Monte Cassino*, Erstauflage 1999, z. Zt. 5. Auflage, Triga Verlag, 540 S. € 29,80. Dieser halbauthentische Roman erzählt die Geschichte des 1939 zwangsrekrutierten Mathias Wallenda, der sich an den Fronten in Frankreich, dem Balkan, in Afrika und letztendlich in Italien bei Monte Cassino bewährte und dort Held wider Willen wurde.*

Krimikomödien:
(veröffentlicht unter W. T. Wallenda)

Schneespuren gibt es nicht, Oktober 2013, Himmelstürmer Verlag, 283 S. - € 15,90. In dieser wirklich außergewöhnlich witzig-warmherzigen Kriminalkomödie schlittert ein homosexuelles Paar in das Abenteuer seines Lebens.

Soko: weiß-blau-rosa und der Wessobrunner Hexenfluch, Februar 2014, Himmelstürmer Verlag, 241 S. - € 15,90. Dieses Buch ist ein „etwas anderer" Oberbayernkrimi – fesselnde Spannung und dennoch äußerst humorvoll.

Soko: weiß-blau-rosa: Fränkisches Blut, Juli 2014, Himmelstürmer Verlag, 240 S. € 16,50. Dieser Roman ist ein außergewöhnlicher Heimatkrimi mit gekonnter Mixtur aus Hochspannung und Humor.

Quellen- und Literaturverzeichnis, Buchtipps:

Kriegstagebuch des Oberkommandos der Wehrmacht (Wehrmachtsführungsstab) 1940-1945 (1961 – 1965)
Sonderausgabe, Berdard & Graefe Verlag, Bonn,
Hrsg. Prof. Dr. Percy Ernst Schramm, erläutert von Prof. Dr. Andreas Hillgruber, Prof. Dr. Walther Hubatsch, Prof. Dr. Hans-Adolf Jacobsen und Prof. Dr. Percy Ernst Schramm, ISBN 3-7637-5933-6

Wikipedia gem. den eingefügten Links.
Die Lizenzbedingungen sind unter folgendem Link einsehbar http://creativecommons.org/licenses/by-sa/3.0/deed.de

Infanteriewaffen Gestern (1918-1945) Band 1
Reiner Lidschun, Günter Wollert, Brandenburgisches Verlagshaus,
3. Auflage 1998, ISBN 3-89488-036-8

Infanteriewaffen Gestern (1918-1945) Band 2
Reiner Lidschun, Günter Wollert, Brandenburgisches Verlagshaus,
3. Auflage, 1998, ISBN 3-89488-036-8

Das Handbuch der deutschen Infanterie 1939 – 1945, Edition Dörfler im Nebel Verlag GmbH, Eggolsheim, ISBN: 3-89555-041-8, Alex Buchner

Die Einsätze der Panzergrenadier-Division „Großdeutschland", Edition Dörfler im Nebel Verlag GmbH, Eggolsheim, ISBN 3-89555-089-2, Helmuth Spaeter

Deutsche Uniformen 1939 – 1945, Motorbuch Verlag, Stuttgart, 4. Auflage 2004, ISBN: 3-613-01869-1, Jean de Lagarde

Artillerie im 20. Jahrhundert, Bernhard & Graefe Verlag, Bonn 2004, ISBN: 3-7637-6249-3, Franz Korsar sowie

überlieferte Erinnerungen und überlassene Aufzeichnungen von Veteranen und Zeitzeugen (schriftlich o. im persönlichen Gespräch mit dem Autor) und eigene Kenntnisse des Autors. Der Romanteil ist eine überarbeitete Version von „Sturmlauf zum Tim", W. Wallenda, Pabel-Moewig Verlag Rastatt, Heft-Nrn. 2627

Das Bundesarchiv, Potsdamer Straße 1, 56075 Koblenz, insbesondere: Bilddatenbank des Bundesarchivs sowie Freiburg (Militärarchiv), Wiesentalstr. 10, 79115 Freiburg